SV

Band 630 der Bibliothek Suhrkamp

Ödön von Horváth
Sechsunddreißig Stunden

Die Geschichte vom Fräulein Pollinger

Roman

Suhrkamp Verlag

Edition und Nachwort von Traugott Krischke

Erste Auflage 1979

Druck: Nomos Verlagsgesellschaft, Baden-Baden
Printed in Germany

Inhalt

Sechsunddreißig Stunden

Roman

I

Die ganze Geschichte spielt in München. Als Agnes ihren Eugen kennen lernte, da war es noch Sommer. Sie waren beide arbeitslos und Eugen knüpfte daran an, als er sie ansprach. Das war in der Thalkirchner Straße vor dem städtischen Arbeitsamt und er sagte, er sei bereits zwei Monate ohne Arbeit und eigentlich kein Bayer, sondern ein geborener Österreicher. Sie sagte, sie sei bereits fünf Monate arbeitslos und eigentlich keine Münchnerin, sondern eine geborene Oberpfälzerin. Er sagte, er kenne die Oberpfalz nicht und sie sagte, sie kenne Österreich nicht, worauf er meinte, Wien sei eine sehr schöne Stadt und sie sehe eigentlich wie eine Wienerin aus. Sie lachte und er sagte, ob sie nicht etwas mit ihm spazieren gehen wollte, er habe so lange nicht mehr diskuriert, denn er kenne hier nur seine Wirtin und das sei ein pedantisches Mistvieh. Sie sagte, sie wohne bei ihrer Tante und schwieg. Er lächelte und sagte, er freue sich sehr, daß er sie nun kennen gelernt habe, sonst hätte er noch das Reden verlernt. Sie sagte, man könne doch nicht das Reden verlernen. Hierauf gingen sie spazieren. Über Sendlingertorplatz und Stachus, durch die Dachauerstraße, dann die Augustenstraße entlang hinaus auf das Oberwiesenfeld.

Als Eugen die ehemaligen Kasernen sah, meinte er, oft nütze im Leben der beste Wille nichts. Überhaupt gäbe es viele Mächte, die stärker wären als der Mensch, aber so dürfe man nicht denken, denn dann müßte man sich aufhängen. Sie sagte, er solle doch nicht so traurig daherreden, hier sei nun das Oberwiesenfeld und er solle doch lieber sehen, wie weit heut der Horizont wär und wie still die Luft, nur ab und zu kreise über einem ein Flugzeug, denn dort drüben sei der Flughafen. Er sagte, das wisse er schon und die Welt werde immer enger, denn bald wird man von da drüben in zwei Stunden nach Australien fliegen, freilich nur die Finanzmagnaten mit ihren Sekretären und Geheimsekretärinnen. So sei das sehr komisch, das mit dem Herrn von Löwenstein, der zwischen England und Frankreich in der Luft auf das Klosett gehen wollte und derweil in den Himmel kam. Überhaupt entwickle sich die Technik kolossal, neulich habe ein Amerikaner den künstlichen Menschen erfunden, das sei wirklich großartig, daß der menschliche Geist solche Höhen erklimmt und sie werde es ja auch noch erleben, daß, wenn das so weiter geht, Europa zugrunde gehen wird. Daran wären zwar nicht die Maschinen schuld, sondern die anarchistischen Produktionsverhältnisse und er habe gestern gelesen, daß sich das Sphinxgesicht der Wirtschaft langsam dem Sozialismus zuwende, weil sich die Kapitalisten anfangen zu organisieren. Sie sagte, jener amerikanische künstliche Mensch würde sie schon sehr interessieren. Er sagte, auch in München gäbe es künstliche Menschen, aber nun wolle er nichts mehr sagen.

Das war Ende August 1928. Es hatte wochenlang nicht mehr geregnet und man prophezeite einen kurzen trüben Herbst und einen langen kalten Winter. Die Landeswetterwarte konstatierte, daß das Hoch über Irland einem Tief über dem Golf von Biskaya

weiche. Drüben in Amerika soll bereits Schnee gefallen sein und auch der Golfstrom sei nicht mehr so ganz in Ordnung, hörte man in München.
Am Nachmittag hatte es zwar drei Mal gedonnert, aber wieder nicht geregnet und nach Sonnenuntergang war es noch derart drückend schwül, als hätte die Luft Fieber. Erst um Mitternacht setzte sich langsam der Staub auf die verschwitzte Stadt.
Agnes fragte Eugen, ob auch er es fühle, wie schwül der Abend sei und dann: sie denke nun schon so lange darüber nach und könne es sich gar nicht vorstellen, was er für einen Beruf hätte. »Kellner«, sagte er, und hätte es keinen Weltkrieg gegeben, wäre er heute sicher in einem ausländischen Grandhotel, wahrscheinlich in Afrika, in der Oase Bisra. Er könnt jetzt unter Palmen wandeln. Er hätt zehn Neger unter sich und tät dem Vanderbildt seinem Neffen servieren, er hätt fürstlich verdient und hätt sich mit fünfzig ein kleines Hotel im Salzkammergut gekauft. Auch die Pyramiden hätt er gesehen, wäre nicht die Schweinerei in Sarajevo passiert, wo die Serben den tschechischen Erzherzog, der wo der österreich-ungarische Thronfolger war, erschossen haben. Sie sagte, sie wisse nicht, was dieses Sarajevo für eine Stadt sei, ihr Vater sei zwar gefallen, gleich ganz zu Beginn und soviel sie gehört hätte, liege er vor Paris, aber sie könne sich an den ganzen Weltkrieg nicht gut erinnern, denn als der seinerzeit ausbrach, da sei sie erst vier Jahr alt gewesen. Sie erinnerte sich nur an die Inflation, wo auch sie Billionärin gewesen sei, aber sie denke lieber nicht daran, denn damals sei ihre Mutter an der Kopfgrippe

gestorben. Sie habe zwar ihre Mutter nie richtig geliebt, die sei sehr mager gewesen und so streng weiß um den Mund herum und sie hätt oft das Gefühl gehabt, daß die Mutter denke: warum lebt das Mädel? Sie habe noch heut ab und zu Angst, obwohl nun die Mutter seit fünf Jahren tot sei. So habe sie erst neulich geträumt, sie sei wieder ganz klein und ein General mit lauter Orden sei in der Küche erschienen und habe gesagt: »Im Namen seiner Majestät ist der Ernährer der Familie auf dem Felde der Ehre gefallen!« Und die Mutter habe nur gesagt: »Soso, wenn er nur nicht wieder den Hausschlüssel verliert.« Und der General habe präsentiert und sei verschwunden und die Mutter habe sich vor sie hingeschlichen und sie entsetzlich gehässig angeglotzt. Dann habe sie das Licht ausgedreht, weil es plötzlich Nacht geworden sei, und den Gashahn aufgedreht und etwas vor sich hingemurmelt, das habe geklungen wie eine Prozession. Aber plötzlich sei es unheimlich licht geworden und das war überirdisch. Und Gottvater selbst sei zur Tür hereingekommen und habe zur Mutter gesagt: »Was tust du deinem Kinde? Das ist strengstens verboten, Frau Pollinger!« Dann habe der Gottvater das Fenster aufgerissen und den Gashahn geschlossen.
Und Agnes erklärte Eugen: »Solche Dummheiten träumt man oft, aber das war eine blöde Dummheit.«
Und Agnes dachte, wenn sie heut an ihre Kindheit zurückdenkt, so sieht sie sich in einem hohen Zimmer am Boden sitzen und mit bunten Kugeln spielen. Draußen scheint die Sonne, aber kein Strahl fällt in das Zimmer. Sie hat das Gefühl, als schwebe der Raum

ungeheuer hoch über der Erde. Und dann weiß sie, daß draußen tief unten in der Ebene ein breiter Fluß fließen würde, wenn sie größer wäre und durch das Fenster sehen könnte.

Lautlos fährt ein Zug über die Brücke. Der Abend wartet am Horizont mit violetten Wolken.

Aber das ist freilich alles ganz anders gewesen. Der Himmel war verbaut und durch das Fenster jenes Zimmers sah man auf einen trüben Hof mit Kehrichttonnen und verkrüppelten Fliederbüschen. Hier klopften die Hausfrauen Teppiche und wenn ihre Hündinnen läufig waren, ließen sie sie nur hier unten spazieren, denn draußen auf der Straße wimmerten die Kavaliere. Kinder durften hier aber nicht spielen, das hat der Hausmeister untersagt, seit sie den Flieder gestohlen und ohne Rücksicht auf die sterbende böse Großmutter Biedermann im ersten Stock gejohlt und gepfiffen haben, daß irgendein Depp die Feuerwehr alarmierte.

Dies Haus steht noch heute in Regensburg und im dritten Stock links erlag 1923 Frau Helene Pollinger der Kopfgrippe. Sie war die Witwe des auf dem Felde der Ehre gefallenen Artilleristen und Zigarettenvertreters Martin Pollinger.

Und ungefähr fünf Jahre später, Ende August 1928, ging ihre Tochter Agnes mit einem arbeitslosen Kellner aus Österreich über das Münchener Oberwiesenfeld und erzählte:

»Als sie meine Mutter begrabn habn, da war es der achtundzwanzigste Oktober und dann bin ich von Regensburg zur Tante nach München gefahrn. Ich war, glaub ich, grad vierzehn Jahr alt und hab im Zug sehr gefroren, weil die Heizung hin war und das Fenster kein Glas nicht gehabt hat, es war nämlich grad Infalation. Die Tante hat mich am Hauptbahnhof erwartet und hat geweint, nun bin ich also ein Waisenkind, ein Doppelwaisenkind, ein Niemandskind, ein ganz bedauernswertes und dann hat die Tante furchtbar geschimpft, weil sie nun gar nicht weiß, was sie mit mir anfangen soll, sie hat ja selber nichts und ob ich etwa glaub, daß sie etwas hätt und ob meine Mutter selig vielleicht geglaubt hätt, daß sie etwas hätt, und wenn ich auch die Tochter ihrer einzigen Schwester selig bin und diese einzige Schwester selig soebn in Gott verstorbn ist, so muß man halt doch schon wissn, daß ein jeder sterbn muß, keiner lebt ewig nicht, da hilft sich nichts. Und die Tante hat gesagt, auf die Verwandtn ist wirklich kein Verlaß nicht. Ich bin dann bald zu einer Näherin gekommen und hab dort nähen gelernt und hab Pakete herumtragn müssen in ganz München, aber die Näherin hat ein paar Monat drauf einen Postbeamten geheiratet, nach Ingolstadt. Da hat die Tante wieder furchtbar geschimpft und hat mich hinausschmeissen wollen, aber ich bin im letzten Moment zu einer anderen Näherin gekommen, da hab ich aber ein Kostüm verschnittn und dann hab ich wirklich Glück gehabt, daß ich gleich wieder zu einer Näherin gekommen bin, da hab ich aber wieder ein Kostüm verschnittn, ich hab schon wirklich Pech gehabt.«

Und Agnes fuhr fort, im letzten Kriegsjahr sei mal die Tante in Regensburg gewesen und habe gesagt, sie

sehe zwar ihrem Vater schon gar nicht ähnlich, aber sie hätte genau sein Haar, worauf ihre Mutter gemeint habe: »Gelobt sei Jesus Christus, wenn du sonst nichts von ihm hast!« Und dazu habe die Mutter so bissig gegrinst, daß sie sehr böse geworden ist, weil ja der Vater schon tot geschossen gewesen wäre, und sie habe die Mutter sehr geärgert gefragt, was sie denn von ihr hätte. Da sei aber die Mutter plötzlich sehr traurig geworden und habe nur gesagt: »Sei froh, wenn du nichts von mir hast!« Sie glaube auch, daß sie schon rein gar nichts von der Mutter habe.
Sie habe jedoch ein Jugendbildnis der Großmutter aus Straubing gesehen und da sei sie direkt erschrocken, wie ähnlich sie der sehe. Sie könne ihre Tochter sein oder ihre Schwester. Oder sie selbst.
Eugen meinte, daß jeder Mensch Verwandte hat, der eine mehr und der andere weniger, entweder reiche oder arme, boshafte oder liebe, und jeder Verwandte vererbt einem etwas, der eine mehr und der andere weniger, entweder Geld, ein Haus, zwei Häuser oder einen großen Dreck. Auch Eigenschaften wären erblich, so würde der eine ein Genie, der zweite Beamter, der Dritte ein kompletter Trottel, aber die meisten Menschen würden bloß Nummern, die sich alles gefallen ließen. Nur wenige ließen sich nicht alles gefallen und das wäre sehr traurig.
Und Eugen erzählte, er habe vor dem Weltkrieg im Bahnhofscafé in Temesvar den Bahnhofsvorstand bedient, das sei ein ungarischer Rumäne gewesen und hätte angefangen über die Vererbung nachzugrübeln, hätte sich Tabellen zusammengestellt, addiert, subtra-

hiert, multipliziert, dividiert und im Lexikon studiert von A bis Z und wäre endlich dahintergekommen, daß jeder mit jedem irgendwie verwandt ist, mit jedem Räuber, Mörder, General, Minister, sogar mit jedem römisch-katholischen Priester und dem Wunderrabbi von Kolomea. Darüber sei er dann verrückt geworden und hätte aus der Irrenanstalt Briefe an seine Verwandten geschickt. So habe er zu Weihnachten Franz Joseph folgendermaßen gratuliert:

> Liebe Nichte!
> Ich wünsche Dir einen recht angenehmen Geburtstag.
> Herzliche Grüße aus dem K. K. priv. Narrenhaus!
> Das Wetter ist schön
> Auf Wiedersehn!
> Es küßt Dich
> Deine Mama.

Und Eugen erklärte Agnes, obwohl jener Bedauernswerte korrekt verrückt gewesen sei, hätte jener doch recht gehabt, denn jeder Mensch sei tatsächlich mit jedem Menschen verwandt, aber es habe keinen Sinn, sich mit dieser Verwandtschaft zu beschäftigen, denn wenn man sich all das so richtig überlegen würde, müßte man wahrscheinlich auch verrückt werden. Da habe der alte Schuster Breitenberger in Preßburg schon sehr recht gehabt, wie er, bevor er gestorben ist, zu seiner versammelten Familie gesagt hat: »Leutl, wenn ihr mal recht blöd seids, so denkts an mich!«
Agnes sagte, sie denke fast nie an ihre Familienverhältnisse und sie wundere sich schon eine ganze Weile

sehr, wieso, wodurch und warum sie darauf zu sprechen gekommen sei.
Eugen sagte, er denke überhaupt nie an seine Vorfahren. Er sei doch kein Aristokrat, der darüber Buch führe, damit er es sich auf den Tag ausrechnen könne, wann er verteppen würde.
So endete das Gespräch über die liebe Verwandtschaft. – Der Tag gähnte, er war bereits müde geworden und zog sich schon die Stiefel aus, als Agnes fühlte, daß Eugen bald ihre Hüften berühren werde. Er tat es auch und sagte »Pardon!«

2

Zehn Minuten später saßen Agnes und Eugen unter einer Ulme. Er hatte sie nämlich gefragt, ob sie sich nicht setzen wollten, er sei zwar nicht müde, aber immerhin hätte er nichts dagegen, wenn er sich setzen könnte. Sie hatte ihn etwas mißtrauisch angeschaut, und er hatte ein ganz unschuldiges Gesicht geschnitten, aber sie hatte ihm diese Unschuld schon gar nicht geglaubt und gesagt, sie hätte nichts dagegen, daß er sich setzen wollte, er könnte sich ruhig setzen und wenn er sich setzen würde, würde sie sich auch setzen.
Es war nirgends eine Bank zu sehen und sie haben sich dann ins Gras gesetzt. Unter einer Ulme.
Das war ein großer alter Baum, und die Sonne ging unter. Im Westen, natürlich.
Überhaupt ging alles seine schicksalhafte Bahn, das Größte und das Kleinste, auch unter der Ulme.

Man hörte es fast gehen, so still war es ringsum.
Auch Agnes und Eugen saßen schweigend unter ihrer Ulme und sie dachte: »So ein Baum ist etwas Schönes.«
Und er dachte: »So ein Baum ist etwas Schönes.«
Und da hatten sie beide recht.

3

Agnes lachte.
Es fiel ihr nämlich plötzlich ein, daß sie ja noch gar nicht weiß, wie der Mann da neben ihr heißt. Sie wisse ja nur, daß er den Vornamen Eugen hat und vielleicht hat er einen sehr komischen Nachnamen, etwa Käsborer, Itzelplitz, Rindskopf, Kalbskopf oder die drei bayerischen Köpf: Holzkopf, Gipskopf, Saukopf oder Baron Rotz, Fürst Steiß, Graf Huber Sepp –
Warum sie denn lache und worüber, erkundigte sich Eugen.
Es sei ihr nur etwas eingefallen.
Was?
Es sei ihr eingefallen, daß sie einmal einen Menschen kannte, der Salat hieß.
Er meinte, das fände er gar nicht komisch, eher tragisch. So kenne er einen tragischen Fall, einen Kollegen in Linz, der an seinem Familiennamen zugrunde gegangen ist.
»Er hieß Johann Suppe und war in ganz Oberösterreich berühmt, er war nämlich Zahlkellner im ›Erzherzog Albrecht‹ und alle Gäste riefen ihn nur per ›Herr Rindssuppe! Herr Nudelsuppe! Herr Reissuppe! Herr

Krautsuppe! Zahlen, Herr Brotsuppe! Sie haben sich verrechnet, Herr Erdäpfelsuppe! Wo bleibt meine Erbsensuppe, Herr Erbsensuppe?! Was macht mein Bier, Herr Biersuppe?! Schweinerei das, Herr Schweinssuppe!‹ undsoweiter, bis er eines Tages sagte: ›Jetzt hab ich aber die Suppen satt! Meiner Seel, ich laß mich umtaufen und wenn ich Pischeles heißen werd!‹ Er ist aufs Magistrat gegangen, um die Formulare zur Namensänderung auszufüllen, aber diese Formulare hatte ein Beamter unter sich, der auch Stammgast im ›Erzherzog Albrecht‹ war und der hat ihn gleich per ›Herr Bohnensuppe‹ apostrophiert und hat ihn gefragt: ›Na wo fehlts denn, mein lieber Bouillon mit Ei?‹ und da hat sich mein unglücklicher Kollege eine Beamtenbeleidigung geleistet und hat sich dann später im Gefängnis ein Magenleiden geholt, und wie er dann herausgekommen ist, da hat ihm der Arzt gesagt: ›Sie müssen strengste Diät halten, Sie dürfen nur mehr Suppe essen, sonst nichts.‹ Da ist er sehr bleich geworden und der Arzt hat ihn trösten wollen und hat gesagt: ›Ja, so ist das Leben, mein lieber Herr Kraftbrühe!‹ und da hat er sich an dem Arzt vergriffen und hat wegen schwerer Körperverletzung Kerker gekriegt und hat sich dann dort erhängt. Er ist an sich selbst gestorben.«
Und Eugen schloß, er sei froh, daß er nicht Johann Suppe heiße, sondern Eugen Reithofer. Und Agnes war auch froh, daß sie nicht Agnes Suppe heißt, sondern Agnes Pollinger, und er meinte, Pollinger sei kein so verbreiteter Name wie Reithofer und er sei fest überzeugt, daß sie sehr froh sein darf, daß sie Pollinger

heißt, denn ein verbreiteter Name bereite einem oft eklatante Scherereien: »So war ich mal 1913 in einem gewissen Café Mariahilf und der Cafétier hat auch Reithofer geheißen. Kommt da an einem Montag ein eleganter alter Pensionist, hat sich einen Kapuziner bestellt und mich in einer Tour fixiert und hat dann sehr höflich gefragt: ›Pardon, Sie sind doch der Herr Reithofer selbst?‹ ›Ja‹, hab ich gesagt und da hat er gesagt: ›Also, Pardon, mein lieber Herr Reithofer, ich bin der Oberstleutnant Ferdinand Reithofer und ich möchte Sie nur bitten, daß Sie sich nicht allen Menschen per Oberstleutnant Reithofer vorstellen, Sie ordinärer Hochstapler und Canaille.‹ Da hab ich ihm natürlich zwei Watschen gegeben und er ist davongestürzt, als hätt ich ihm auch noch zwei Fußtritt gegeben, denn ich hab mich noch nie per Oberstleutnant Reithofer vorgestellt und ich hab im Moment nicht gedacht, daß dieser Pensionist ja gar nicht mich, sondern den Cafétier gemeint hat, der ja auch Reithofer geheißen hat.

Der Cafétier hat dann am Dienstag eine Vorladung auf das Kommissariat bekommen, er ist hin und dort haben sie ihn dann verhört wegen der beiden Watschen und dem einen Fußtritt. Er hat überhaupt von nichts gewußt, er hat sich nämlich auch noch nie per Oberstleutnant Reithofer vorgestellt und das Ganze war ein Irrtum von dem Pensionisten Reithofer.

Nämlich der, der sich per Oberstleutnant Reithofer vorgestellt hat, das war ein gewisser Versicherungsagent Reithofer aus dem VIII. Bezirk, aber die

Polizei hat gesagt, das spiele eine sekundäre Rolle, sie verhöre ihn jetzt nur wegen der beiden Watschen und dem Fußtritt und der Cafétier Reithofer hat gemeint, daß er verrückt geworden ist oder vielleicht hypnotisiert worden ist und ist wütend ins Café zurückgekommen und hat seinen Ärger am Piccolo ausgelassen. Er hat ihm zwei Watschen gegeben. Dieser Piccolo hat auch Reithofer geheißen.«

Während Eugen sprach, kam Agnes immer mehr und mehr dahinter, daß dies eine sehr verwickelte Geschichte ist. Und sie wurde traurig, denn auf einmal schien ihr alles auf der Welt so fürchterlich verwickelt zu sein, daß jeder in alles unerbittlich hineingewickelt wird. Da könne sich keiner herauswickeln und sie bedauerte sich selbst, als hätte sie von jenem ungerechten Cafétier Reithofer jene zwei Watschen bekommen. »Ich bin doch auch nur ein Piccolo«, dachte sie und Eugen konstatierte:

»Freilich geht das nicht immer so glücklich aus, indem irgend so ein Piccolo zwei Watschen kriegt. So hat man mich mal fast verhaften wollen, weil ein Zahlkellner, der wo auch Reithofer geheißen hat, seine Braut erschlagen, zerstückelt und im Herd verbrannt hat. Später hat es sich erst rausgestellt, daß der nicht Reithofer geheißen hat, sondern Wimpassinger.«

Agnes konstatierte, jeder Lustmord sei ein scheußliches Verbrechen und Eugen erwiderte, heute hätten es sich die Kapazitäten ausgerechnet, daß jeder Lustmord eine Krankheit wäre, ein ganz gewöhnliches Gebrechen, wie etwa ein Buckel oder ein Schnupfen. Die Lustmörder seien nämlich alle wahnsinnig, aber

die Kapazitäten hätten es sich ausgerechnet, daß fast jeder Mensch ein bisserl wahnsinnig wäre.
Agnes meinte, sie sei ganz normal.
Eugen meinte, auch er sei ganz normal.
So endete das Gespräch über die komischen Familiennamen und deren tragische Folgen, über die beiden Watschen und den armen Kellner Johann Suppe, über Lustmörder und Kapazitäten mit besonderer Berücksichtigung des normalen Geschlechtsverkehrs.

4

Es wurde immer dunkler unter der Ulme und Eugen dachte: »Also einen Lustmord könnt ich nie machen.« Und Agnes dachte: »Also wie ein Lustmörder sieht der nicht aus«, worauf sie ihn fragte, ob er Berlin kenne? Sie möchte mal gerne nach Berlin. Oder gar nach Amerika. Auch in Garmisch-Partenkirchen sei sie noch nie gewesen, sie habe überhaupt noch nie einen richtigen Berg gesehen und sie habe gehört, daß die Zugspitze ein sehr hoher Berg sei mit eisernen Nägeln in der Wand, an denen die Touristen hinaufkletterten und viele Sachsen abstürzten.
Sie wartete aber seine Antwort auf ihre Frage, ob er Berlin kenne, gar nicht ab, sondern erklärte ihm, daß nach ihrer innersten Überzeugung jene Touristen, die über jene eisernen Nägel hinaufkletterten, durchaus schwindelfrei sein müßten und daß jene Sachsen, die herunterfielen, sicherlich nicht schwindelfrei wären. Und sie teilte ihm mit, daß sie nur zwei Städte auf der

ganzen Erde kennt, nämlich München und Regensburg, wo sie geboren sei. Regensburg liege an der Donau und in der Nähe sei die Walhalla, wo die berühmten Männer als Marmorbüsten herumständen, während München an der Isar liege. Die Donau sei zwar größer als die Isar, aber dafür könne die Isar nichts. Hinwiederum sei die Isar zwar grüner als die Donau, dafür sei aber wieder München die Hauptstadt Bayerns.

So sprach sie, ohne zu wissen, was sie sprach, denn sie dachte nur daran, daß etwas vor sich gehen werde, sobald sie aufhören würde zu sprechen, nämlich er hat ja schon mal ihre Hüfte berührt. Er hat zwar »Pardon!« gesagt, aber unter der Ulme wurde es, wie gesagt, immer dunkler und auf so ein »Pardon!« ist kein Verlaß.

Sie hatte Angst vor dem Ende ihrer Erzählungen, wie Scheherazade in tausend und einer Nacht. Sie erzählte zwar keine Märchen, sondern Blech und Mist und Eugen wurde ganz melancholisch und dachte sich: »Sind denn alle Mädel blöd? Oder ist das nur so eine weibliche Nervosität, nämlich so Frauen sind sehr sensibel, die spürens gleich im vornhinein.«

Und er erinnerte sich an eine zarte Blondine, das war die Frau des Restaurateurs Klein in Preßburg, eine ungarische Jüdin, die hat mal zu ihm gesagt: »Spüren Sie denn gar nichts, Herr Jenö!« Er hat gesagt, nein, er spürte gar nichts und er könnte es sich überhaupt nicht vorstellen, was er spüren sollte, worauf sie gesagt hat: »Freitag nacht verreist mein Herr Gemahl und heut ist Freitag. Spüren Sie denn noch immer nichts, lieber Jenö?« Da hat er schon etwas gespürt und Freitag nacht im Bett hat sie ihm dann zugehaucht, sie hätte es schon am Montag vor vierzehn Tagen gespürt, daß er Freitag nacht so süß sein werde. So sensibel war jene blonde Frau Klein.

»Aber nicht nur die Blondinen, auch die Schwarzen sind sensibel«, überlegte Eugen. »Auch die Brünetten, die Strohgelben und Tizianroten – und auch diese Agnes da ist genauso sensibel, sonst tät sie eben keine solchen Blödheiten daherreden.«

Sie fing ihm an leid zu tun wegen ihrer Sensibilität. Sie mußte sich ja furchtbar anstrengen mit dem vielen Reden, weil sie es auch im vornhinein spürt.

Und er dachte, das wäre jetzt sehr edel, wenn er ihr nur väterlich über das Haar streichen, ihr Zuckerln schenken und sagen würde: »Geh ruhig nach Haus, mein liebes Kind.«

Er tat es natürlich nicht, sondern lächelte sanft und verlegen, als würden die Kindlein zu ihm kommen.

Und Agnes redete, redete, redete, ohne Komma, ohne Punkt – nur ab und zu flatterte aus all dem wirren Geschwätz ein ängstliches Fragezeichen über das stille Oberwiesenfeld.

5

Sie wollte ihn gerade fragen, ob auch er es nicht glaube, daß an all dem Elend die Juden schuld sind, wie es der Hitler überall herumplakatiert, da legte er seine Hand auf ihr Knie und sie verstummte.

Mittendrin.

Sie fühlte seine linke Hand auf ihrem linken Knie.
Seine Hand war stark und warm.
Und wurde immer stärker und sie fühlte ihre Wärme durch den Strumpf dringen bis unter ihre Haut und sie selbst wurde immer unentschlossener, was sie nun mit seiner linken Hand und ihrem linken Knie anfangen soll. Soll sie sagen: »Was machens denn da mit Ihrer linken Hand? Glaubens nur ja nicht, daß mein linkes Knie Ihrer linken Hand gehört! Mein Knie ist kein solches Knie! Mein Knie ist zum Knien da, aber nicht dazu, daß Sie mich am End noch aufregen!« Oder soll sie gar nichts sagen, sondern nur sanft seine linke Hand von ihrem linken Knie langsam wegheben oder spaßig über seine linke Hand schlagen und dazu lächeln, aber dann würde sie ihn vielleicht erst auf irgendwelche Kniegedanken bringen, denn vielleicht weiß er es ja noch gar nicht, daß er seine linke Hand auf ihrem linken Knie hat, er hat sie vielleicht nur zufällig da und dann wäre ihr das sehr peinlich, denn dann würde er denken, daß sie denkt, daß er seine linke Hand nicht zufällig auf ihrem linken Knie hat. Oder soll sie überhaupt nichts sagen und nichts tun, sondern nur warten, bis er seine linke Hand von ihrem linken Knie nimmt, denn er weiß sicher nichts von seiner linken Hand, er sitzt ja ganz weltverloren neben ihr und scheint an etwas Ernstes zu denken und nicht an ein linkes Knie – da fühlte sie seine Hand auf ihrem rechten Knie.
Sie preßte sich erschrocken zusammen und da lag nun seine linke Hand auf ihren beiden Knien. So groß war er. Und Agnes dachte: also ist der da neben mir doch

nicht so weltverloren, aber er scheint noch immer an etwas sehr Ernstes zu denken und vielleicht weiß ers noch immer nicht, was seine linke Hand tut – da fühlte sie, wie seine rechte Hand hinter ihrem Rücken ihren rechten Oberarm erfaßte.

Auch seine rechte Hand war stark und warm.

Und Agnes dachte, er sei nicht nur stark und groß, sondern vielleicht auch grob und es sei nun erwiesen, daß er an nichts Ernstes denkt, sondern an sie. Und es wäre halt doch das beste, wenn sie ihm sehr bald folgendes sagen würde: »Was machens denn da mit Ihrer linken Hand und Ihrer rechten Hand? Glaubens nur ja nicht, daß mein rechtes Knie Ihrer linken Hand gehört! Mein linkes Knie ist kein solches Knie und mein rechtes Knie ist nur zum Knien da, aber nicht dazu da, daß Sie mit Ihrer rechten Hand meinen rechten Arm so narrisch zamdrucken, au! Gehns weg mit Ihrer linken Hand! Was machens denn da mit Ihrer rechten Hand, au! Werdens gleich Ihre linke Hand von meiner rechten Schulter runter? Himmel, mein Haar! Mein linker Daumen, au! Mein rechter kleiner Finger, au! Gehns weg mit Ihrer Nasen, ich beiß! Jesus Maria, mein Mund! Au, Sie ganz Rabiater! Sie mit Ihrer linken Hand –«

Aber von all dem hat der mit seiner linken Hand nichts gehört, denn sie hat ihm ja kein Wort gesagt, sondern all dies sich nur gedacht. Sie wußte nämlich, daß sich solch eine linke Hand durch Worte nicht hindern läßt – und Agnes überlegte, sie habe sich zwar gewehrt, aber sie hätte sich drei Mal so wehren können, er hätte sie genau so abgeküßt, denn er sei noch stärker und überhaupt gut gebaut, jedoch wäre es ungerecht, wenn man sagen würde, daß er grob ist. Nein, grob sei er gar nicht gewesen, aber es sei schon sehr ungerecht eingerichtet, daß die Herren stärker sind als die Damen. So hätten es die Mannsbilder immer besser und seien doch oft nur Schufte, die sofort hernach verschwänden, obwohl sie oft angenehme Menschen seien, wie dieser da mit seiner linken Hand, der sie ja auch erst nur drei Mal geküßt hätte und das dritte Mal sei es am schönsten gewesen.

Die Sonne war untergegangen und nun kam die Nacht.

So ging alles, wie es kommen mußte.

Erstaunt stellte Agnes fest, daß Eugen sie noch immer umarmt hält und sie ihn.

Sie war sprachlos und die ganze Welt schien sprachlos zu sein, so still war es unter der Ulme.

So kam alles, wie es kommen sollte.

Man hörte es fast kommen und Eugen sah sich plötzlich um.

Auch Agnes erschrak und fragte ihn schüchtern, ob er etwas gehört hätte.

»Ja«, sagte er, »es war nichts.«

Und sie meinte, ob sie jetzt nicht gehen wollten und er meinte, nein. So blieben sie sitzen.

6

Eugen sprach sehr leise.

Wenn das Oberwiesenfeld noch Exerzierplatz wäre,

sagte er, dann wäre es hier heute nicht so still und er hasse das Militärische und sie könnte fast seine Tochter sein, obzwar er nur zwölf Jahre älter sei, aber die Kriegsjahre würden ja doppelt gezählt werden, wenn man etwa Generalspensionsberechtigung haben würde – aber nun wolle er wirklich nicht mehr so traurig daher reden. Er lächelte dabei und wartete, bis sie ihn ansah. Und als sie ihn ansah, da sah er sie an und sagte, der Abend, respektive die Nacht, sei wirklich warm. Sie sagte, sie liebe den Sommer und er sagte, nun flöge auch kein Flugapparat mehr herum, sie seien alle daheim. Er möchte so ein Flugapparat sein und auch mal daheim sein können. Und jetzt sei überhaupt wieder ein Tag zu End und morgen begänne ein neuer Tag. Heute sei Dienstag und morgen sei Mittwoch und sie solle doch nicht so sein, sie sei ja gar nicht so, sie sei ganz anders, er wisse schon, wie sie sei. Es sei überhaupt schon stockfinster, wer sollte denn noch kommen? Es sei niemand da, nur sie zwei. Sie seien wirklich allein. Mehr allein könne man gar nicht sein.

Er preßte sie an sich und Agnes sagte, das sehe sie schon ein, daß sie ganz allein sind, aber sie fürchte sich immer so, es könne was daraus werden aus dem Alleinsein, nämlich das ginge ihr gerade noch ab.

Und sie preßte sich an ihn und meinte resigniert, vielleicht sei sie dumm, weil sie sich so sehr fürchte. Gerührt erwiderte er, freilich sei das dumm, jedoch begreiflich, aber ihm könnte sie sich ganz anvertrauen, er sei nämlich ein durchaus anständiger und vorsichtiger Mann.

7

Es war nach der Polizeistunde, als sich Eugen von Agnes verabschiedete. Er hatte sie bis nach Hause gebracht und sah ihr nun zu, wie sie sich anstrengte, die Haustüre mit einem falschen Hausschlüssel zu öffnen.
Nämlich sie hatte ihren richtigen Hausschlüssel verloren, als sie vor drei Wochen mit dem Zimmerherren ihrer Tante, einem gewissen Herrn Kastner, im Kino gewesen ist. Man hat den Film »Madame wünscht keine Kinder« gegeben und der Kastner hat sie immer abgreifen wollen, sie hat sich gewehrt und dabei den Hausschlüssel verloren. Das durfte aber die Tante nie erfahren, sonst würde sie schauerlich keppeln, nicht wegen der Greiferei, sondern wegen des Schlüssels.
Der Kastner ist damals sehr verärgert gewesen und hat sie gefragt, wie sie wohl darüber denke, daß man jemand zu einem Großfilm einladet und dann »nicht mal das?!« Er ist sehr empört gewesen, aber trotzdem hat er sie zehn Tage später zu einem Ausflug nach dem Ammersee mitgenommen, doch dieser Sonntagnachmittag hat auch damit geendet, daß er gesagt hat, nun sei das Maß voll.
Der Kastner hat ihr noch nie gefallen, denn er hat vorn lauter Stiftzähne. Nur ein Zahn ist echt, der ist schwarz, das Zahnfleisch ist gelb und blutet braun.
Die Tante wohnte in der Schellingstraße, nicht dort, wo sie bei der Ludwigskirche so vornehm beginnt, sondern dort, wo sie aufhört. Dort vermietete sie im vierten Stock Zimmer und führte parterre das Ge-

schäft ihres verstorbenen Mannes, kaum größer als eine Kammer. Darüber stand »Antiquariat« und im Fenster gab es zerrissene Zeitschriften und verstaubte Aktpostkarten.
Als Eugen so vor der Haustüre stand, fiel es ihm plötzlich auf, daß er eigentlich schon unglaublich oft so vor einer Haustüre gestanden ist und zugeschaut hat, wie irgendeine sie öffnete, und er fand es eigenartig, daß er es gar nicht zusammenzählen kann, wie oft er schon so dagestanden ist. Doch bald dünkte ihm das eigentlich gar nicht eigenartig, sondern selbstverständlich und er wurde stolz. In wie vielen Straßen und Ländern ist er schon so dagestanden! Mit Österreicherinnen, Böhminnen, Ungarinnen, Rumäninnen, Serbinnen, Italienerinnen und jetzt mit einer Oberpfälzerin! Um ein Haar wäre er auch mit Negerinnen, Türkinnen, Araberinnen, Beduininnen so dagestanden, nämlich in der Oase Bisra, hätte es keinen Weltkrieg gegeben. Und wer weiß, mit wem allen er noch so dastehen wird, wo und wie oft, warum und darum, denn er hat ja eigentlich keine Heimat und auch er weiß es nicht, was ihm bevorsteht.
Und Eugen wurde sentimental und dachte, man sollte an vieles nicht denken können, aber er dürfe es nicht vergessen, daß er nun schon zwei Monate so herumlungert und keine Aussicht auf Arbeit hat, man werde ja immer älter und er denke schon lange an keine Oase Bisra mehr, er würde auch in jedem Bauernwirtshaus servieren.
Afrika verschwand und da er nun schon mal sentimental geworden ist, dachte er auch gleich an seine erste

Liebe, weil das damals eine große Enttäuschung gewesen war, da sie ihm nur ein einziges Mal eine Postkarte geschrieben hatte: »Beste Grüße Ihre Anna Sauter.« Und darunter: »Gestern habe ich drei Portionen Gefrorenes gegessen.« Das war seine erste Liebe.

Seine zweite Liebe war das Wirtshausmensch in seinem Heimatdorfe, fern in Niederösterreich, nahe der ungarischen Grenze. Sein Vater war Lehrer, er war das neunte Kind und damals fünfzehn Jahre alt und das Wirtshausmensch gab ihm das Ehrenwort, daß er es um acht Uhr Abend in den Maisfeldern treffen wird und, daß es nur zwei Kronen kostet. Aber als er hinkam, stand ein Husar bei ihr und wollte ihn ohrfeigen. Vieles ist damals in seiner Seele zusammengebrochen und erst später hat er erfahren, daß das seiner Seele nichts geschadet hat, denn das Wirtshausmensch war krank und trieb sich voll Geschwüren und zerfressen im Land herum und bettelte. Bis nach Kroatien kam sie und in Slavonien riet ihr eine alte Hexe, sie solle sich in den Düngerhaufen legen, das heilt. Sie ist aber in die Grube gefallen, weil sie schon fast blind war, und ersoffen.

Endlich konnte Agnes die Haustüre öffnen und Eugen dachte, wie dürfe man nur denken, daß diese Agnes da nicht hübsch ist! Er gab ihr einen Kuß und sie sagte, heute sei Dienstag und morgen sei Mittwoch.

Sie schwieg und sah die Schellingstraße entlang, hinab bis zur Ludwigskirche.

Dann gab sie ihm ihr Ehrenwort, am Mittwoch um sechs Uhr abends an der Ecke der Schleißheimerstraße zu sein und er sagte, er wolle es ihr glauben und

sie meinte noch, sie freue sich schon auf den Spaziergang über das Oberwiesenfeld.
»Also morgen« lächelte Agnes und überlegte sich: er hat wirklich breite Schultern und der Frack steht ihm sicher gut und sie liebte die weißen Hemden.
Sie sah ein großes Hotel in Afrika.
»Also morgen« wiederholte sie.

8

Agnes stand im Treppenhaus und ihre Seele verließ die afrikanische Küste. Sie schwebte über den finsteren Tannenwäldern, lieblichen Seen und unheimlichen Eisriesen des Salzkammerguts und erblickte endlich das kleine Hotel, das sich Eugen kaufen wollte, hätte es eben nur jenen Weltkrieg nicht gegeben und hätte er in jenem großen afrikanischen Hotel dem Vanderbildt seinem Neffen serviert.
Und während sie die Stufen hinaufstieg, wurde auch jenes kleine Hotel immer größer und da sie den vierten Stock betrat, war das Hotel auch vier Stock hoch gewachsen. Es hatte sogar einen Turm und aus jedem Fenster hing eine Fahne und vor dem Eingang stand ein prächtiger Portier in Gold und Rot und ein Unterportier in Rot und Gold. Auch ein großer Garten war da, eine Terrasse am See, ein Autobus und das Alpenglühen. Das Publikum war elegant und plauderte. Man sah viele Pyjamas und auch die herrlichen hellbrauen Schuhe, die es beim Schlesinger in der Kaufingerstraße zu kaufen gibt.
Überhaupt diese Schuhe!

Sie ist mal zum Schlesinger hinein und hat bloß gefragt: »Bittschön, was kostn die hellbraunen Schuh in der Auslag?«
Aber die Verkäuferin hat sie nur spöttisch angeschaut und eine zweite Verkäuferin hat gesagt: »Nur sechsundvierzig Mark« und hat dazu so grausam gelächelt, daß sie direkt verwirrt geworden ist und niesen hat müssen.
»Nur sechsundvierzig Mark!« hörte sie jetzt im Treppenhaus wieder die Stimme der Verkäuferin, während sie sich die Schuhe auszog, denn sonst würde die Tante aufwachen und fragen: »Was glaubst du, wo du schon enden wirst, Schlampn läufiger?«
Sie könnte nicht antworten. Sie wollte nichts glauben. Sie wußte ja nicht, wo sie enden wird.

9

Die Wohnung der Tante bestand aus zwei Zimmern, Küche, kleinem Vorraum und stockfinsterem Klosett. Das eine Zimmer hatte die Tante an den Herrn Kastner vermietet, das andere stand augenblicklich leer, denn es war schon seit einem halben Jahr verwanzt. Die Wanzen hatte der Herr Kastner gebracht und hatte sich dann bei der Tante beschwert und hatte ihr mitgeteilt, daß er ihr die Miete schuldig bleibt, bis nicht die letzte Wanze vertilgt wäre.
Das leere Zimmer bewohnte Agnes. Die Tante schlief in der Küche, weil sie mit der Heizung sparen wollte. Der Sommer 1928 war zwar ungewöhnlich heiß, aber

die Tante war das nun einmal seit 1897 so gewöhnt und so schnarchte sie nun in der Küche neben ihrem Kanari.

Als Agnes die Wohnung betrat, erwachte der Kanari und sagte: »Piep.«

»Piep nur«, ärgerte sich Agnes, »wenn du die Tante aufpiepst, dann laß ich dich aber fliegen, ich weiß, du kannst nicht fliegen, so kriegt dich die Katz.«

Erschrocken verstummte der Kanari und horchte: droben auf dem Dache saß die Katz und unterhielt sich mit dem Kater vom ersten Stock über den Kanari, während sich Agnes in ihr Zimmer schlich.

»Man sollte alles der Tante erzählen«, dachte der Kanari. »Es tut mir tatsächlich leid, daß ich nur singen kann. Ich wollt, ich könnt sprechen!«

10

»So ein Kanari hats gut«, dachte Agnes. »Ich wollt, ich könnt singen!« fuhr sie fort und setzte sich apathisch auf den einzigen Stuhl, der krächzte, aber sie meinte nur: »Zerbrich!« So müde war sie.

Der Stuhl ächzte jämmerlich, er war nämlich sehr zerbrechlich, denn der Kastner hatte ihn mal aus Wut über die Tante zerbrochen und die Tante hatte ihn vor vier Wochen bloß provisorisch zusammengeleimt.

Agnes zog sich aus, so langsam, als wöge jeder Strumpf zehn Pfund.

Ihr gegenüber an der Wand hing ein heiliges Bild: ein großer weißer Engel schwebte in einem Zimmer, das auch verwanzt sein konnte, und verkündete der knieenden Madonna: »Bei Gott ist kein Ding unmöglich!« Und Agnes dachte, Eugen habe wirklich schön achtgegeben und sei überhaupt ein lieber Mensch, aber leider kein solch weißer Engel, daß man unbefleckt empfangen könnte. Warum dürfe das nur Maria, warum sei gerade sie auserwählt unter den Weibern? Was habe sie denn schon so besonderes geleistet, daß sie so fürstlich belohnt worden ist? Nichts habe sie getan, sie sei doch nur Jungfrau gewesen und das hätten ja alle mal gehabt.

Auch sie selbst hätte das mal gehabt.

Noch vor drei Jahren.

Sie hatte sich damals viel darüber geärgert und gekränkt, denn die Theres und überhaupt all ihre Altersgenossinnen, die mit ihr bei den verschiedenen Schneiderinnen nähen gelernt hatten, waren schon diese lästige Übergangsform los und zu richtiggehenden Menschen geworden. Nur sie hatte sich sehr geschämt und ihre Kolleginnen angelogen, daß sie bereits entjungfert worden ist. Die Theres hatte es ihr geglaubt, denn sie hatte sie einmal mit einem Konditorlehrling aus der Schellingstraße im Englischen Garten spazieren sehen und sie konnte es ja nicht gewußt haben, daß dieser junge Mann auf folgender Plattform gestanden ist: je größer die himmlische, um so kleiner die irdische Liebe. Er ist ein großer himmlischer Lügner und irdischer Feigling gewesen, nämlich er hatte sich selbst befriedigt.

Als Agnes einsah, daß diese bequeme Seele sie pflichtbewußt verkümmern ließ, hing sie sich an einen anderen Konditorlehrling aus der Schellingstraße. Der hätte Friseur sein können, so genau kannte er jedes Rennpferd und die Damenmode. Er schwärmte für Fußball, war sehr belesen und überaus sinnlich. Als er aber erfuhr, daß sie noch Jungfrau ist, da lief er davon. Er sagte, das hätten sich die Südseeinsulaner schon sehr nachahmenswert eingerichtet, daß sie ihre Bräute durch Sklaven entjungfern lassen. Er sei weder ein dummer Junge noch ein Lebegreis, er sei ein Mann und wolle ein Weib, aber keine Kaulquappe, und übrigens sei er kein Sklave, sondern ein Südseeinsulaner.

Sie wurde dann endlich, nachdem sie schon ganz verzweifelt war, von einem Rechtsanwalt entjungfert. Das begann auf dem Oktoberfest vor der Bude der Lionella. Diese Lionella war ein Löwenmädchen mit vier Löwenbeinen, Löwenfell, Löwenmähne und Löwenbart und Agnes überlegte gerade, ob wohl diese Lionella auch noch Jungfrau sei, da lernte sie ihren Rechtsanwalt kennen. Der hatte bereits vier Maß getrunken, rülpste infolgedessen und tat sehr lebenslustig. Sie wollte zuerst noch einige andere Mißgeburten sehen und er kaufte die Eintrittskarten, denn er hatte eine gute Kinderstube. Dann fuhren sie zwei Mal mit der Achterbahn und zwei Mal auf der Stufenbahn. Sie aßen zu zweit ein knuspriges Huhn, er trank noch vier Maß und sie drei. So hatten beide ihren Bierrausch, er verehrte ihr sein Lebkuchenherz, ließ sie noch im Hippodrom reiten und fuhr sie dann mit einem Kleinauto in seine Kanzlei. Dort warf er die Akten eines Abtreibungsprozesses vom Sofa und endlich wurde

Agnes entjungfert. Das Sofa roch nach Zigaretten, Staub, Kummer und Betrug und Agnes zitterte, trotz ihrer wilden Entschlossenheit ein Mensch zu werden, vor dem unbekannten Gefühl. Sie spürte aber nicht viel davon, so neugierig war sie und der Rechtsanwalt merkte es gar nicht, daß sie noch Jungfrau war, so besoffen war er. Als sie ihm aber hernach gestand, daß er ihr nun ihre Unschuld genommen hat, da wurde er plötzlich nüchtern, knöpfte sich überstürzt die Hosen zu und schmiß sie hinaus. »Also erpressen laß ich mich nicht!« sagte er höflich. »Ich bin Rechtsanwalt! Ich kenn das! Ich hab schon mal so eine wie dich verteidigt!«
Das geschah 1925.
Im Winter verliebte sich dann einer in sie und der hatte ein angenehmes Organ. Das war ein melancholischer Caféhausmusiker, ein schwermütiger Violinvirtuose mit häuslichen Sorgen. Er erzählte ihr, sein Vater wäre gar nicht sein Vater, seine Stiefmutter sei eine sadistische Säuferin, während seine ehemalige Braut eine bittere Enttäuschung gewesen wäre, denn sie sei eine unheilbare Lesbierin. Sein geliebtes einziges Schwesterlein sei schon vor seiner Geburt gestorben und er selbst sei ein großer Einsamer, ein verpatztes Genie, ein Kind der ewigen Nacht. Der Dezembertag war trüb und lau und Agnes gab sich ihm aus lauter Mitleid auf einer Bank, denn sonst hätt er sie noch vergewaltigt. Als sie aber erfuhr, daß sein Vater in russischer Kriegsgefangenschaft dem Typhus erlag, daß seine Stiefmutter seine echte Mutter ist, eine arme abgearbeitete Kaminkehrerswitwe, die von seinem

einzigen Schwesterlein, der Stenotypistin Frieda, ernährt wird, während er selbst ein Säufer, Kartenspieler und Ehemann ist, da wollte sie ihn nicht wiedersehen und versetzte ihn am nächsten Montag. Er schrieb ihr dann einen Brief, nun werde er sich vergiften, denn ohne ihr Mitleid könne er nicht leben, da sie so angenehm gebaut wäre. Aber er vergiftete sich nicht, sondern lauerte ihr auf der Straße auf und hätte sie geohrfeigt, hätte sie nicht der Brunner Karl aus der Schellingstraße beschützt, indem, daß er dem Virtuosen das Cello in den Bauch rannte. Da begann ihre Liebe zu Brunner Karl, eine richtige Liebe mit fürchterlicher Angst vor einem etwaigen Kinde. Aber der Brunner sagte, das sei ganz unmöglich, denn das sei ihm noch nie passiert und er bezweifle es mächtig, ob er der einzige gewesen sei und überhaupt hätte er sie nur aus Mitleid genommen, denn sie sei ja gar nicht sein Typ. Der Brunner hatte recht, es kam kein Kind, aber Agnes kniete auf dem Ölberg.

Sie kannte in der Schellingstraße ein Dienstmädchen, das brach plötzlich im Korridor zusammen und gebar ein Kind. Es dämmerte bereits, als man sie in irgendein Mutterheim einlieferte. Dort mußte sie für ihre unentgeltliche Unterkunft, Verpflegung und Behandlung die Fenster putzen, den Boden scheuern und Taschentücher waschen und sich alle paar Stunden auf paar Stunden in ein verdunkeltes Zimmer legen, um möglichst rasch einschlafen zu können, um wieder kräftige Milch zu produzieren, denn sie mußte neben ihrem eigenen Sohn noch zwei fremde Findelssäuglinge stillen.

Aber ein anderes Dienstmädchen ließ sich von einem Elektrotechniker einen strafbaren Eingriff machen und starb an Blutvergiftung. Der Elektrotechniker wurde verhaftet und nach drei Monaten bekam er im Untersuchungsgefängnis einen Tobsuchtsanfall und brüllte: »Ich bin Elektrotechniker! Meine liebe Familie hungert! Liebe Leutl, ich bin Elektrotechniker!« Aber man schien es ihm nicht zu glauben, denn die lieben Detektive prügelten ihn bloß und die lieben Richter verurteilten ihn ohne einen lieben Verteidiger.

Einmal flüchtete sich Agnes in die Frauenkirche, weil es schauerlich regnete. Dort predigte ein päpstlicher Hausprälat, daß eine jede werdende Mutter denken muß, sie werde einen Welterlöser gebären.

Und Agnes überlegte nun in ihrem verwanzten Zimmer, diese Geschichte mit dem großen weißen Engel dort drüben auf jenem heiligen Bilde sei eine große Ungerechtigkeit. Überhaupt sei alles ungerecht, jeder Mensch, jedes Ding. Sicher sei auch der Stuhl ungerecht, der Schrank, der Tisch, das Fenster, der Hut, der Mantel, die Lampe.

Auch die Maria Muttergottes hätte eben Protektion gehabt genau wie die Henny Porten, Lia de Putty, Dolores del Rio und Carmen Cartellieri. »Wenn man keine Protektion nicht hat, indem, daß man keinen Regisseur nicht kennt, da wirst halt nicht auserwählt«, konstatierte Agnes.

»Auserwählt« wiederholte sie langsam und sah auf ihrem Hemde noch die Spuren von Eugens linker und rechter Hand. Sie schloß die Augen und glaubte, das Bett wäre Gras. Unter der Ulme.

Seine Hand war nicht so eklig knochig, wie jene des Herrn stud. jur. Wolf Beckmann, der die ihre bei jeder Begrüßung fast zerdrückte. Nur wenn er in Couleur war, dann grüßte er sie nicht.
Sie war auch nicht so schwammig talgig, wie jene des greisen Meier Goldstein, der ihrer Tante ab und zu uralte Nummern des »La Vie Parisienne« zum Verkauf in Kommission übergab und der zu ihr jedes Mal sagte: »Was ich für Pech hab, daß Sie kein Junge sind, gnädiges Fräulein!«
Auch war seine Hand nicht so klebrig und kalt, wie jene ihres Nachbarn Kastner, der mal zu ihrer Tante sagte: »Ich höre, daß ihre liebe Nichte arbeitslos ist. Ich habe beste Beziehungen zum Film und es hängt also lediglich von ihrer lieben arbeitslosen Nichte ab.«
Und Agnes hörte, wie der Kastner im Zimmer nebenan auf und ab ging. Er sprach leise mit sich selbst, als würde er etwas auswendig lernen. Plötzlich ging er aufs Klosett.
»Piep«, sagte der Kanari in der Küche und der Kastner verließ das Klosett. Er hielt vor ihrer Türe.
Agnes und der Kanari lauschten.
Droben auf dem Dache hatte der Kater die Katz verlassen und die Katz schnurrte nun befriedigt vor sich hin: »Jetzt wird bald wieder geworfen werden!«
Sie träumte von dem Katzenwelterlöser, während der Kastner zu Agnes kam, ohne anzuklopfen.
Der Kastner stellte sich vor Agnes hin, wie vor eine Auslage. Er hatte seine moderne Hose an, war in Hemdsärmeln und roch nach süßlicher Rasierseife.
Sie hatte sich im Bette emporgesetzt, bestürzt über

diesen Besuch, denn sie hörte, wie der boshafte Kanari sich anstrengte, die Tante zu wecken und wenn die Tante den Kastner hier finden würde und wenn sich der Kastner vielleicht auf den geleimten Stuhl setzen würde und dieser Stuhl dann gar zusammenbricht und – »Gnädiges Fräulein, zürne mir nicht!« entschuldigte sich der Besuch ihre Zwangsvorstellung unterbrechend und verbeugte sich ironisch. »Honny soit qui mal y pense.«

Der Kastner sprach sehr gewählt, denn eigentlich wollte er Journalist werden, jedoch damals war seine Mutter anderer Meinung. Sie hatte nämlich viel mit den Zähnen zu tun und konstatierte: »Die Zahntechniker sind die Wohltäter der Menschheit. Ich will, daß mein Sohn ein Wohltäter wird!« Er hing sehr an seiner Mutter und wurde also Zahntechniker, aber leider kein Wohltäter, denn er hatte bloß Phantasie statt Präzision. Seine Gebisse waren lauter gute Witze. Es war sein Glück, daß kurz nach seiner Praxiseröffnung der Krieg ausbrach. Er stellte sich freiwillig und wurde Militärzahntechniker. Nach dem Waffenstillstand fragte er sich: »Bin ich ein Wohltäter? Nein, ich bin kein Wohltäter. Ich bin die typische Bohèmenatur und so eine Natur gehört auf den leichtlebigen Montmartre und nicht in die Morgue.« Er wollte wieder Journalist werden, aber er landte beim Film, denn er hatte ein gutes konservatives Profil und kannte einen homosexuellen Hilfsregisseur. Er statierte und spielte sogar eine kleine Rolle in dem Film: »Der bethlehemitische Kindermord oder Ehre sei Gott in der Höhe«. Der Film lief nirgends, hingegen flog er aus dem Glashaus, weil er eine minderjährige Statistin, die ein bethlehemitisches Kind verkörperte, nackt fotografierte. Dies Kind war nämlich die Mätresse eines Aufsichtsrates. Der Kastner ließ die Fotografien durch einen pornographischen Klub vertreiben und dort erkannte eben dieser Aufsichtsrat, durch einen Rittmeister eingeführt, auf einer Serie »Pikante Akte« seine minderjährige Mätresse und meinte entrüstet: »Also, das ist ärger als Zuhälterei! Das ist fotografische Zuhälterei!« Und nun schritt dieser fotografische Zuhälter vor Agnes Bette auf und ab und bildete sich etwas ein auf seine Dialektik.

11

»Agnes«, deklamierte der Kastner, »du wirst dich wundern, daß ich noch mit dir rede, du darfst dich aber nicht wundern, daß ich mich auch wundere. Ich wollte ja eigentlich seit dem Ammersee kein Sterbenswörtchen mehr an deine Adresse verschwenden und dich einfach übersehen, du undankbares Luder.«
»Hörst du den Kanari?« fragte das undankbare Luder.
»Ich höre das Tier. Es zwitschert. Deine liebe Tante hat einen außerordentlich gesunden Schlaf. Ein Kanari zwitschert keine Rolle. Und wenn schon!«
»Wenn sie dich hört, flieg ich raus!«
»Schreckloch, lächerloch!« verwunderte sich gereizt der sonderbare Fotograf. »Deine liebe Tante wird sich hüten, solange ich dich beschirme! Deine liebe Tante halt ich hier auf meiner flachen Hand, ich muß nur

zudrücken. Deine liebe Tante verkauft nämlich die unretouschierten künstlerischen Akte, die ich fotografiere. Verstanden?«
Agnes schwieg und der Kastner lächelte zufrieden, denn es fiel ihm plötzlich auf, daß er auch Talent zum Tierbändiger hat. Und er fixierte sie, als wäre sie eine Löwin, eine Tigerin oder zumindest eine Seehündin. Er hätte sie zu gerne gezwungen, eine Kugel auf der Nase zu balancieren. Er hörte bereits den Applaus und überraschte sich entsetzt dabei, wie er sich verbeugen wollte.
»Was war denn das!« fuhr er sich an, floh aus dem Zirkus, der plötzlich brannte und knarrte los:
»Zur Sache! Es geht um dich! Es geht einfach nicht, was du in erotischer Hinsicht treibst! Ich verfolge mit zunehmender Besorgnis deinen diesbezüglichen Lebenswandel. Ich habe den positiven Beweis, daß du dich, seit du arbeitslos bist, vier Männern hingegeben hast. Und was für Männern! Ich weiß alles! Zwei waren verheiratet, der dritte ledig, der vierte geschieden. Und soeben verließ dich der fünfte. Leugne nicht! Ich habe es ja gesehen, wie er dich nach Hause gebracht hat!«
»Was geht das dich an?« fragte ihn Agnes ruhig und sachlich, denn es freute sie, daß er sich wiedermal über ihr Triebleben zu ärgern schien. Sie gähnte scheinbar gelangweilt und ihre Sachlichkeit erregte sie, ähnlich wie Eugens linke Hand und es tat ihr himmlisch wohl, seine Stiftzähne wiedermal als abscheulich, ekelhaft, widerlich, unverschämt, überheblich und dumm bewerten zu können.

»Mich persönlich geht das gar nichts an«, antwortete er traurig wie ein verprügelter Apostel. »Ich habe nur an deine Zukunft gedacht, Agnes!«

Zukunft! Da stand nun wieder dies Wort vor ihr, setzte sich auf den Bettrand und strickte Strümpfe. Es war ein altes verhutzeltes Weiblein und sah der Tante ähnlich, nur, daß es noch älter war, noch schmutziger, noch zahnloser, noch vergrämter, noch verschlagener –. »Ich stricke, ich stricke«, nickte die Zukunft, »ich stricke Strümpfe für Agnes.«

Und Agnes schrie: »So laß mich doch! Was willst du denn von mir?«

»Ich persönlich will nichts von dir«, antwortete der Kastner feierlich und die Zukunft sah sie lauernd an.

12

»Du bist natürlich in einer sogenannten Sackgasse, wenn du dir etwa einbildest, daß mein Besuch zu dieser allerdings ungewöhnlichen Stunde eine Wiederannäherung bedeutet«, fuhr er nach einer Kunstpause fort und setzte ihr auseinander, daß, als er sie kennenlernte, er sofort erkannt hat, daß sie keine kalte Frau, sondern vielmehr feurig ist, ein tiefes stilles Wasser, eine Messalina, eine Lulu, eine Büchse der Pandora, eine Ausgeburt. Es gäbe überhaupt keine kalten Frauen, er habe sich nämlich mit diesen Fragen beschäftigt, er »spreche hier aus eigener, aus sexualer und sexualethischer Neugier gesammelter Erfahrung«. Man solle sich doch nur die Damenmode ansehen!

Was zöge sich solch eine »kalte Frau« an! Stöckelschuhe, damit Busen und Hintern mehr herausträten und sich erotisizierender präsentieren können, ein Dekolleté in Dreiecksform, deren Linien das Auge des männlichen Betrachters unfehlbar zum Nabel und darunter hinaus auf den Venusberg führen, sollte er auch gerade an der Lösung noch so vergeistigter Probleme herumgrübeln. Häufig entfache auch eine scheinbar sinnlose, jedoch unbewußt hinterlistig angebrachte Schleife am Popo vielgestaltige männliche Begierden und diese ganze Damenmode stamme aus dem raffinierten Rokoko, das sei die Erfindung der Pompadour und des Sonnenkönigs. Aber nun wolle er seinen kulturgeschichtlichen Vortrag beenden, er wisse ja, daß sie ein richtiges Temperament hat und er wolle ihr nur schlicht versichern, daß sie sich gewaltig täuscht, wenn sie meinen sollte, er sei nun hier wegen ihrem heißen Blut – Nie! Er stünde vor ihr ohne erotische Hintergedanken, lediglich deshalb, weil er ein weiches Herz habe und wisse, daß sie keinen Pfennig hat, sondern zerrissene Schuhe und nirgends eine Stellung findet. Er habe in letzter Zeit viel an sie gedacht, gestern und vorgestern, und endlich habe er ihr eine Arbeitsmöglichkeit verschafft.
»Allerdings«, betonte er, »ist diese Arbeitsmöglichkeit keine bürgerliche, sondern eine künstlerische. Ich weiß nicht, ob du weißt, daß ich mit dem berühmten Kunstmaler Lothar Maria Achner sehr intim bekannt bin. Er ist ein durchaus künstlerisch veranlagter hochtalentierter Intellektueller, zart in der Farbe und dennoch stark, und sucht zur Zeit krampfhaft ein geeigne-

tes Modell für seine neueste werdende Schöpfung, einen weiblichen blühenden Akt. Auf einem Sofa. Im Trancezustand. Er soll nämlich im Auftrag des hessischen Freistaates eine ›Hetäre im Opiumrausch‹ für das dortige Museum malen.«

Das war nun natürlich nicht wahr, denn als Auftraggeber dieser werdenden Schöpfung zeichnete nicht der hessische Freistaat, sondern ein kindischer Viehhändler aus Kempten im Allgäu, der einer kultivierten Hausbesitzerswitwe, auf deren Haus er scharf war, zeigen wollte, daß er sogar für moderne Kunst etwas übrig hat und, daß er also nicht umsonst vier Jahre lang in der Kunststadt München mit Vieh gehandelt hatte.

»Ich dachte sogleich an dich«, fuhr er nach einer abermaligen Kunstpause fort, »und ich habe es erreicht, daß er dich als Modell engagieren wird. Du verdienst pro Stunde zwanzig Pfennig und er benötigt dich sicher fünfzig Stunden lang, er ist nämlich äußerst gewissenhaft. Das wären also zehn Mark, ein durchaus gefundenes Geld. Aber dieses Geld bedeutet nichts in Anbetracht deiner dortigen Entfaltungsmöglichkeiten. Im Atelier Lothar Maria Achners gibt sich nämlich die Spitze der Gesellschaft Rendezvous, darunter zahlreiche junge Herren im eigenen Auto. Das sind Möglichkeiten! Es tut mir nämlich als Mensch persönlich leid, wenn ich sehe, wie ein Mensch seine Naturgeschenke sinnlos verschleudert. Man muß auch seine Sinnlichkeit produktiv gestalten! Rationalisation! Rationalisation! Versteh mich recht: ich verlange zwar keineswegs, daß du dich prostituierst – Agnes, ich bin bloß

ein weichherziger Mensch und ohne Hintergedanken. Es ist wohl töricht, daß ich mich für dich einsetze, denn daß du beispielsweise seinerzeit am Ammersee unpäßlich warst, das glaube ich dir nimmer!«
Natürlich war sie damals nicht unpäßlich gewesen, aber der Kastner hatte kein Recht sich zu beschweren, denn es war erstunken und erlogen, daß er ihr derart selbstlos die Stellung als Hetäre im Opiumrausch verschaffte. Er hatte vielmehr zu jenem Kunstmaler gesagt: »Also, wenn du mir zehn Mark leihst, dann bringe ich dir morgen ein tadelloses Mädchen für zwanzig Pfennig. Groß, schlank, braunblond, und es versteht auch einen Spaß. Aber wenn du mir nur fünf Mark leihen kannst, so mußt du dafür sorgen, daß ich Gelegenheit bekomme, um sie mir zu nehmen. Also ich erscheine um achtzehn Uhr, Kognak bringe ich mit, Grammophon hast du.«
Er blieb vor ihr stehen, bemitleidete sich selbst und nickte ihr ergriffen zu: »Ich wollte du wärest nie geboren. Warum denn nur, frage ich mich und dich, warum denn nur gibst du dich mir nicht? Doch lassen wir dies! Passé!«
Und Agnes dachte: warum denn nur sage ich es ihm nicht, daß er vorn lauter Stiftzähne hat?
»Du kannst eben nicht lieben«, meinte er. »Du bist allerdings häufig bereit, dich mit irgendeinem nächsten Besten ins Bett zu legen, aber wie du fühlst, du könntest dich in jenen nächsten Besten ehrlich mit der Seele verlieben, kneifst du auf der Stelle. Du würdest ihn nimmer wiedersehen wollen, er wäre aus dir ausradiert.«

13

Agnes sagte sich, wenn der Kastner noch nie recht gehabt hätte, so habe er eben diesmal recht. Sie müsse wirklich mehr an sich denken, sie denke zwar eigentlich immer an sich, aber wahrscheinlich zu langsam. Sie müsse sich das alles genau überlegen – was »alles«? Merkwürdig, wie weit nun plötzlich das ganze Oberwiesenfeld hinter ihr liegt, als wäre sie seit vier Wochen nicht mehr dort spaziert. Und es sei doch eigentümlich, daß dieser Eugen sie schon nach zwei Stunden genommen hat und daß das alles so selbstverständlich gewesen ist, als hätte es so kommen müssen. Er sei ja sicher ein guter Mensch, aber er könnte ihr wirklich gefährlich werden, denn es stimme schon, daß er zu jenen Männern gehört, denen man sich naturnotwendig gleich ganz ausliefern muß – Nein! sie wolle ihn nie mehr sehen! Sie werde morgen einfach nicht da sein, dort an der Ecke der Schleißheimerstraße. Es hätte doch auch schon gar keinen Sinn, an das Salzkammergut zu denken und das blöde Afrika, all diese dummen Phantasien! Es sei halt nun mal Weltkrieg gewesen und den könne man sich nicht wegdenken, man dürfe es auch nicht. Der Kastner habe schon sehr recht, sie werde auch die Hetäre markieren, sich für fünfzig Stunden auf das Sofa legen und zehn Mark verdienen und vielleicht wirklich irgendein eigenes Auto kennen lernen, aber man solle nichts verschreien.

14

So näherte sich also Agnes einem einfachen Schluß, während sie ein ehemaliger Filmstatist, der ursprünglich Zahntechniker war, jedoch eigentlich Journalist werden wollte, fixierte. Er hörte sich gerne selbst, fühlte sich in Form und legte los wie ein schlechtes Feuilleton.
»Diese Angst vor der wahren seelischen Liebe ist eine typische Jungmädchenerscheinung des zwanzigsten Jahrhunderts, aber natürlich keine Degenerationserscheinung, wenn man in deinen wirtschaftlichen Verhältnissen steckt. Es ist dies lediglich eine gesunde Reaktion auf alberne Vorstellungen, wie zum Beispiel, daß die fleischliche Vergattung etwas heiligeres ist, als eine organische Funktion. Wieviel Unheil richtet diese erhabene Dummheit unter uns armen Menschen an!«
Er hielt plötzlich inne in seinen Definitionen und biß sich auf die Zunge, so überrascht war er, daß er tatsächlich mal recht hatte. Er war ja ein pathologischer Lügner.
Doch rasch erholte er sich von der Wahrheit, setzte sich ergriffen über seine Selbstlosigkeit auf den zusammengeleimten Stuhl, vergrub zerknirscht über die menschliche Undankbarkeit den Kopf in den Händen und seufzte: »Ich bin zu gut! Ich bin zu gut!«
»Er ist also wirklich besser, als er aussieht«, dachte Agnes. »Das hängt halt nur von solchen Stiftzähnen ab, daß man meint, das ist ein Schuft. So täuscht man sich. Am End ist auch der Eugen gar nicht so anstän-

dig, wie er sich benommen hat. Es gibt wenige gute Leut und die werdn immer weniger.«
Und der Kastner tat ihr plötzlich leid und auch seine Stiftzähne taten ihr leid, die großen und die kleinen.

15

Am nächsten Morgen erzählte die Tante im Antiquariat ihrer einzigen Freundin, einer ehemaligen Schreibwarengeschäftsinhaberin und Kleinrentnerin, daß Agnes nun endlich eine Stellung bekommen hat. Sie werde von einem hochtalentierten Kunstmaler gemalt und dafür bezahlt und das habe ihr überraschend schnell der Herr Kastner verschafft. Das sei doch ein lieber braver Mensch und sie habe sich also in ihm getäuscht, sie hätte ja schon immer gesagt, daß er geschäftlich höchst unreell ist. Er betrüge sie nämlich und es sei kein Verlaß auf ihn. So habe er ihr Aktfotografien geliefert und sie hätte ihm doch gesagt, sie könnte mit diesen neumodischen Figuren nichts anfangen, das seien ja nur Knochen und die Herren mögen ja nur die volleren Damen, unterwachsen und mollig, auch ohne Bubikopf. Auch wenn die Herren so täten als liefen sie jeder Dürren nach, so sei das doch unnatürlich, denn die Herren fühlten im Grunde ihrer Seele altmodisch, aber heute würden sich die Herren schon gleich schämen, mit einer Dicken über die Straße zu gehen. Neulich habe ihr ein Herr von der Ortskrankenkasse erzählt, daß, wenn eine Üppige ein Restaurant betritt und da sitzen lauter Herren mit

lauter mageren Damen, dann fingen alle Herren hinter der Üppigen her heimlich das Trenzen an.
Die Freundin meinte, es sei überhaupt Bruch mit dieser neuen Sinneslust, und sie schimpfte auf die neueingeführte Vierundzwanzigstundenzeit. Ihr Bruder sei Logenschließer im Nationaltheater und der sage auch immer, früher sei an so einer Julia noch was dran gewesen oder gar an der Desdemona, die hätte gleich einen Hintern gehabt wie ein Bräuroß, aber jetzt sähe die Desdemona direkt minderjährig aus und kein Theaterbesucher begreife den Othello, den Mohr von Venedig, daß er sich wegen so ein Krischperl so furchtbar aufregt. Es sei eine Sünde an den Klassikern. –
Diese ihre einzige Freundin hieß Afra Krumbier. Sie kannten sich schon von der Schule her, waren beide dreiundsechzig Jahre alt, und seit vier Jahren saß Afra den ganzen Tag in der Tante ihrem »Antiquariat«. Sie kramten gemeinsam die zerrissenen Bücher durch, lasen aufmerksam jede neuerschienene antiquarische Zeitschrift, machten sich gegenseitig auf originelle Zitate aufmerksam, durchdachten gar vielerlei, waren sehr neugierig und ziemlich abergläubig, verurteilten die Mädchen, die sich nackt fotografieren ließen, beschimpften und verfluchten die Polizei, die sich um etwas anderes kümmern sollte als um solche harmlose Aktaufnahmen, erinnerten sich der guten alten Militärmusik, verehrten den heiligen Antonius von Padua und interessierten sich für Fürstenstammbäume und alles Lebendige, besonders für Sexualprobleme, Darmtätigkeit und Kommunalpolitik.
Afra Krumbier war das Echo der Tante.

Wie die Tante hatte auch sie in der Inflation ihr kleines Geld verloren und hungerte nun als sogenannte Kleinrentnerin. Ihr einziger Trost war die Tante und ihr einziger Stolz, daß sie was von Politik versteht. Wäre sie als die Tochter eines Aufsichtsrates geboren worden, hätte auch sie einen politischen Salon geführt, hätte Reichsminister protegiert, Leitartikel geschrieben über die Baden-Badener Polospiele und die kulturellen Entwicklungsmöglichkeiten des Proletariats und hätte natürlich zugegeben, daß Lenin ein Säkularmensch war und daß der Marxismus Schiffbruch erlitten hat. So aber besuchte sie nur eifrig Wahlversammlungen und meldete sich sogar manchmal zur Diskussion. Dann waren die Angehörigen jener Partei, für die sie eintreten wollte, bestürzt, die Opposition begeistert und die Nichtwähler belustigt.

Sie wählte 1919 unabhängig sozialdemokratisch, 1920 deutsch-national, 1924 völkisch, 1925 bayerisch volksparteilich und 1928 sozialdemokratisch. Wie alle Kleinbürger zog sie infolge Denkunfähigkeit auch politisch verschrobene Schlüsse, hielt Gemeinplätze für ihre persönlichen Erkenntnisse und diese wieder nicht nur nicht für »graue Theorie«, sondern sogar für »Praxis«. Aber so einfältig war sie nun dennoch nicht, wie es der Freiherr von Aretin wünschte, der nach den Maiwahlen 1928 in den »Münchener Neueste Nachrichten« behauptet hatte, daß das niederbayerische Bauernweiblein nur in dem Glauben, daß der Kommunismus mit der heiligen Kommunion zusammenhängt, kommunistisch wählt. Und sie glaubte auch nicht, was in der »Münchener Zeitung« stand, daß

nämlich die Herrschaft des Sozialismus eine Orgie der sieben Todsünden bedeutet. Sie besaß doch immerhin den unchristlichen Instinkt, ihre Mitbürger in »Großkopfete« und »anständige Menschen« einzuteilen. Dieser Instinkt hatte sie auch mit ihrem einzigen Verwandten entzweit, dem Gatten ihrer verstorbenen Schwester, einem gewissen Studienrat Gustav Adolf Niemeyer aus der Schellingstraße.
Der hatte ihr seinerzeit, da sie von der unabhängigen Sozialdemokratie begeistert war, folgenden Brief gesandt:

An Afra Krumbier.
Weiber verstehen nichts von Politik. Das Maß ist voll. Wir sind nicht mehr verwandt.
Gustav Adolf Niemeyer.

16

Dieser Studienrat hatte einen hoch aufgeschossenen Sohn mit einem etwas krummen Rücken, riesigen Händen und einer Brille. Er hieß ebenfalls Gustav Adolf und als er 1914, da der liebe Gott sprach: »Es werde Weltkrieg!« (und es geschah also und Gott sah, daß er gut getan), einrücken mußte, wollte er gerade Chemie studieren und sagte: »Meiner Meinung nach hat die Chemie Zukunft.«
Die Horizonte waren rot von den Flammen der brennenden Dörfer und Wälder, rund zwölf Millionen Menschen wurden zerstückelt und über das Leben

kroch das Gas. Es war Hausse in Prothesen und Baisse in Brot. Immer mehr glich die Erde dem Monde.
Der Studienrat sammelte Kriegspostkarten, Kriegsmedaillen, Kriegsbriefmarken, Kriegsscherzartikel und nachts kratzte er diebisch die Kriegsberichte von den Anschlagsäulen.
Weihnachten kam, das Fest der Liebe, und die deutschen Leitartikel huldigten dem deutschen Christkind, die französischen dem französischen Christkind, es gab auch eine österreichische Madonna, eine ungarische, englische, belgische, liechtensteinische, bayerische. Alle diese Madonnen waren sich feindlich gesinnt und gar zahlreiche Heilige übernahmen Ehrenprotektorate über schwere und leichte Artillerie, Flammenwerfer und Tanks.
1915 fiel Gustav Adolf junior in Flandern und Gustav Adolf senior verfaßte folgende Trauernotiz: »Es widerfuhr mir die große Freude, den einzigen Sohn auf dem Altar des Vaterlandes geopfert zu haben.« Und er lächelte: »Wenn das die Mutter noch erlebt hätte!«
Dem einzigen Sohn widerfuhr allerdings weniger Freude über sein Opfer. Von einem spanischen Reiter aufgespießt, brüllte er vier Stunden lang auf dem Altar des Vaterlandes. Dann wurde er heiser und starb.
Sein Feld der Ehre war ein Pfahl der Ehre, der ihm die Gedärme ehrenvoll heraustrieb.
Als eitler Rohling schritt der vaterländische Vater stolz und dumm durch die Schellingstraße und bildete sich ein, die Leute wichen ihm aus, man sehe es ihm direkt an, daß sein einziger Sohn in Flandern gefallen ist. Ja, er plante sogar, sich selbst freiwillig zu opfern,

jedoch dies vereitelten Bismarcks Worte, die er abgöttisch liebte: »Den Krieg gewinnen die deutschen Schulmeister.« Aber es kam bekanntlich anders. Am Ende ihrer Kraft brachen die Mittelmächte zusammen und fassungslos stammelte Gustav Adolf senior: »Aber die Pazifisten können doch nicht recht haben, denn warum ist denn dann mein Sohn gefallen?«
Erst anläßlich des Versailler Diktates atmete er auf. Nun konnte er es sich ja wieder beweisen, daß die Pazifisten nicht recht haben und daß also sein Sohn nicht umsonst gefallen ist.
Als Liebknecht und Luxemburg ermordet wurden, wurde es ihm klar, daß das deutsche Volk seine Ehre verloren hat und daß es selbe nur dann wiedererringen kann, wenn abermals zwei Millionen junger deutscher Männer fallen.
Als Kurt Eisner ermordet wurde, hing er die Fotografie seines Mörders neben jene seines Sohnes.
Als Gustav Landauer ermordet wurde, stellte er fest: »Die Ordnung steht rechts!«
Als Gareis ermordet wurde, macht er einen Ausflug in das Isartal und zwischen Grünwald und Großhesselohe sagte er dreimal: »Deutsche Erde!«
Als Erzberger ermordet wurde, betrat er seit langer Zeit wiedermal ein Biercabaret am Sendlingertorplatz. Dort sang ein allseits beliebter Komiker den Refrain: »Gott erhalte Rathenau, Erzberger hat er schon erhalten!« Es war sehr komisch.
Als Rathenau ermordet wurde, traf er einen allseits beliebten Universitätsprofessor, der meinte: »Gottlob, einer weniger!«

Als Haase ermordet wurde, ging er in die Oper und prophezeite in der Pause: »Das Volk steht auf, der Sturm bricht los!«
Und der Sturm brach los, das »Volk« stand auf und warf sich auf dem Münchener Odeonsplatz auf den Bauch. Da wurde es windstill in des Schulmeisters Seele.
Geistig gebrochen, doch körperlich aufrecht ließ er sich von der Republik pensionieren, witterte überall okkulte Mächte und haßte die Gewerkschaften.
Er wurde Spiritist. Als er aber entdeckte, daß es auch unter den Jüdinnen Spiritistinnen gibt, wandte er sich ab vom Spiritismus.
Er fürchtete weder Frankreich, noch die Tschechoslowakei, nur die Freimaurer. Genau so, wie einst seine Urgroßmutter die Preußen gefürchtet hatte. Die war an Verfolgungswahn erkrankt und hatte geglaubt, jeder Preuße hätte an seinem linken Fuße vierzehn Zehen.
Von Tag zu Tag sah er seiner Urgroßmutter ähnlicher.
Er vertiefte sich in seine abgekratzten Kriegsberichte und wollte es unbedingt ergründen, wieso wir den Krieg verloren haben, obwohl wir ihn nicht verloren haben. Und seine einzige Freude waren seine gesammelten Kriegsscherzartikel.

17

Das war Afra Krumbiers Schwager.
Sie hatte ihn nie recht gemocht, denn seit ihre verstor-

bene Schwester Frau Studienrat geworden war, hatte sie angefangen Afra von oben herab zu behandeln, weil Afra in ihrer Jugend nur mit einem Kanzleibeamten verlobt gewesen war, der sie obendrein auch noch sitzen gelassen hatte, weil er defraudiert hatte und durchgebrannt war.

Und seit nun Afra im Antiquariat der Tante sozusagen lebte, vergaß sie ihren Schwager fast ganz, so sehr konzentrierten sich die Tante und sie aufeinander. Diese Konzentration war sogar so stark, daß die beiden Alten es oft selbst nicht mehr zu wissen schienen, wessen Nichte Agnes ist.

So fragte auch heute wieder Afra die Tante, welcher Kunstmaler sich die Agnes als Modell gewählt hätte, ob er eine Berühmtheit sei oder eine Null, ob noch jung oder schon älter, ob verheiratet, verwitwet, geschieden oder ob er so im Konkubinat dahinlebe, wie das bei den Kunstmalern meistens der Fall sei.

Die Tante meinte, sie kenne den Kunstmaler nicht persönlich, er wohne zwar nicht weit von hier und sie höre nur Gutes über ihn, zwar habe sie nur gehört, daß er Achner heißt, aber auf die Kunstmaler sei kein Verlaß, und sie habe es der Agnes auch schon erklärt, daß sie sich ja nicht unterstehen soll bei künstlichem Lichte als Modell herumzustehen. Bei künstlichem Lichte könne nämlich kein Kunstmaler malen und dann noch Modell stehen; das sei eine Schweinerei. Sie kenne nämlich mehrere Modelle, die beim künstlichen Licht Kinder bekommen hätten, und so Künstler schwörten gerne ab, besonders Kunstmaler.

Und die Krumbier erwiderte, das sei schon sehr wahr,

aber es gebe auch korrekte Kunstmaler. So kenne sie eine Konkubine, die dürfe heute sechzig Jahre alt sein und lebe noch immer mit ihrem Kunstmaler zusammen. Der sei zwar erst fünfunddreißig Jahre alt und habe noch nie ein Bild verkauft, aber das könne ihm sauwurscht sein, denn jene Konkubine habe Geld.

Die Tante wollte gerade erklären, daß die Kunstmaler solch ein Konkubinat »freie Liebe« nennen, weil es nicht wie eine bürgerliche Ehe auf Geld aufgebaut sei – da betrat ein Kunde das »Antiquariat«, der hochwürdige Herr Religionslehrer Joseph Heinzmann.

Hochwürden waren sehr sittenstreng und hatte eine schmutzige Phantasie. Nicht umsonst hatte das Christentum zweitausend Jahre lang die Gültigkeit des Geschlechtstriebes bezweifelt.

Einmal verbot dieser fromme Religionslehrer einem achtjährigen Mädchen, mit nackten Oberarmen in der Schulbank zu sitzen, denn das sei verderblich. Aber am nächsten Sonntag in der Sakristei setzte ihm deren Vater, ein Feinmechaniker aus der Schellingstraße, auseinander, daß er doch nicht hinschauen soll, wenn er eine solche Sau sei und daß er durch einen überaus glücklichen Zufall erfahren habe, daß Hochwürden gern gar oft ein sauberes »Antiquariat« in der Schellingstraße besuche, um sich dort an den Fotografien nackter Weiber zu ergötzen. Und der hochwürdige Herr erwiderte, das sei eine gewaltige Verleumdung; wohl besuche er des öfteren jenes »Antiquariat« in der Schellingstraße, aber nur, um sich Heiligenbildchen zu kaufen, die dort sehr preiswert wären und die er dann unter seine Lieblingsschülerinnen verteile. Und er lächelte scheinheilig und meinte noch, der Herr Feinmechaniker solle nur ja nicht verleumden, denn das wäre keine läßliche Sünde. Aber der Herr Feinmechaniker sagte, er scheiße auf alle läßlichen und unerläßlichen Sünden, und er wiederholte, daß jenes »Antiquariat« Hochwürden allerdings leicht verderblich werden könnte, falls sich Hochwürden nur noch einmal erfrechen sollte, sich über die nackten Oberarme seiner achtjährigen Tochter aufzuregen. »Nun, nun, nun« antwortete Hochwürden gekränkt, nämlich er begann jeden Satz mit dem Wörtchen »nun« und diesmal fiel ihm kein Satz ein, denn der Feinmechaniker hatte recht und Hochwürden ließ ihn entrüstet stehen. –

Seit dieser Unterredung besuchte dieser heilige Geselle nur ab und zu die Tante, denn er war nicht nur schlau, sondern auch feig. Die Tante hatte ihn bereits drei Wochen lang nicht gesehen und als er jetzt den Laden betrat, hub er gleich an zu lügen:

»Nun, ich habe es Euch doch schon des öfteren aufgetragen, gute Frau, daß Ihr in die Auslage nicht diese obszönen Nuditäten hängen sollt, wie dieses ›Vor dem Spiegel‹ oder jenes schamlose ›Weib auf dem Pantherfell‹. Welchen Samen streuen solche Schandbilder in die Seele unserer heranreifenden Jugend!«

»Das sind doch keine Schandbilder, das sind doch nur Fotografien!« ärgerte sich die Tante. »Das kauft sich keine heranreifende Jugend nicht, das kaufn sich nur die heranreifendn Kunstmaler, das habn die nämlich zur Kunst nötig.«

Hochwürden trat an den Bücherständer, durchstöber-

te den verstaubten Kram, und die Tante knurrte bloß: »Nun, ich kenn schon deine Irrlehren, alter Sünder, ganz ausgschamter!«
»Nun, gute Frau, die Kunst ist göttlichen Ursprungs, aber heute fotografiert der Satan. Nun, wollen wir mal sehen, ob Ihr etwas Neues bekommen habt, oder? Nun, habt Ihr noch das Büchlein über die gnostischen Irrlehren? Nun, Ihr wißt doch, wie sehr wir uns für Irrlehren interessieren.«
Sie haßte ihn nämlich, denn auch er gehörte zu jenen Kunden, die sich alle Wochen tausend Weiber »auf dem Pantherfell, vor dem Spiegel« betrachten und sich dann keine einzige kaufen, sondern sich nur höflich bedanken und sagen: »Ja, wissen Sie, das ist doch nicht das, was ich zu Kunst benötige. Ich benötige eine große schlanke Blondine, aber die hier sind schwarz, braun, rot, zu blond und entweder zu groß, zu klein, zu dick, zu dünn oder zu teuer. Die können wir armen heranreifenden Künstler uns nicht leisten.« –
Und während die Krumbier leise der Tante von den abscheulichen Verbrechen der Jesuiten in Mexiko, Bolivien und Peru erzählte, entzifferte Hochwürden Buchtitel:
»Aus dem Liebesleben der Sizilianerinnen. – Sind Brünette grausam? – Selbstbekenntnisse einer Dirne. – Selbstbekenntnisse zweier Dirnen. – Selbstbekenntnisse dreier Dirnen. – Fort mit den lästigen Sommersprossen! – Die unerbittliche Jungfrau. – Gibt es semitische Huren? – Sadismus, Masochismus und Hypnose. – Marianischer Kalender. – Unser öster-

reich-ungarischer Bundesgenosse. – Abtreibung und Talmud. – Wie bist Du, Weib? – Quo vadis, Weib? – Sphinx Weib. – Wer bist Du, Weib? – Wer seid Ihr, Weiber?«

Und Hochwürden seufzte wie ein alter Hirsch und blätterte benommen in dem Werke »Tugend oder Laster?« und sein Blick blieb an der Stelle kleben: »Der Coitus interruptus ist auf dem Seewege von den Griechen zu den Juden gekommen.« Erschüttert über solch unzüchtige Erforschung des antiken Transportwesens, legte er behutsam das Buch auf eine Darstellung der Leda, schwitzte wie ein Bär und starrte sinnierend vor sich hin.

Vor ihm lagen zwei Weiber auf je einem Pantherfell.

»Apropos, wie geht es der lieben Nichte?« wandte er sich an die Tante. »Nun, das ist ein hübsches Kind, das sich hoffentlich niemals auf einem Pantherfell fotografieren lassen wird; die Welt ist unsittlich, gute Frau, und ich las jetzt soeben im Marianischen Kalender, daß der Agnestag am 21. Januar ist. Nun, die Geschichte der heiligen Agnes ist erbaulich, ihr Sinnbild ist das Lamm. Nun, die heilige Agnes war eine schöne römische Christin und weil sie die Ehe mit einem vornehmen heidnischen Jüngling ausschlug, wurde sie in ein öffentliches Haus gebracht, blieb aber auch da mit einem Heiligenschein versehen, unversehrt auf ihrem Lotterbett. Nun, als endlich aber ihr Bräutigam ihr Gewalt antun wollte, erblindete er, wurde aber auf ihre Fürbitte hin wieder sehend. Nun, dennoch wurde sie zum Feuertod verurteilt, und weil sie die Flammen nicht verbrennen konnten, hat man sie enthauptet.

Nun, das von dem Blindwerden fällt mir ein, wenn ich diese Schamlosigkeit auf den Pantherfellen hier erblikke. Nun, übrigens ich muß nun gehen. Nun, also behüt Euch Gott, liebe Frau, – die Welt ist verroht, aber Gottes Mühlen mahlen langsam.«
Er ging.
Und die Tante sagte: »Nun, das ist ein ganz hintervotziger Hund. Jedsmal bevor er rausgeht, erzählt er irgend so ein Schmarrn, damits nicht so auffällt, daß er sich nie was kauft.«
Und die Krumbier meinte, auch ihre Schutzheilige, die heilige Afra, sei seinerzeit dem Venusdienst geweiht worden auf der Insel Zypern, aber eines Tages sei der heilige Bischof Narzissus in jenes Freudenhaus gekommen und hätte dort die heilige Afra und ihre Mutter samt deren Dienerinnen getauft und jetzt ruhe Afras heiliger Leib in der Kirche von St. Ulrich in Augsburg.
Die Tante brummte nur, es sei schon merkwürdig, daß so viele Heilige aus Freudenhäusern stammen.
Aber die Krumbier meinte, man könne auch die Freudenmädchen nicht so ohne weiteres verdammen. So habe sie eine Bekannte gehabt, bei der hätten nur Huren gewohnt, doch die wären peinlich pünktlich mit der Miete gewesen und hätten die Möbel schon sehr geschont, sauber und akkurat. Sie hätten sich ihre Zimmer direkt mit Liebe eingerichtet und nie ein unfeines Wort gebraucht. –

18

Als jener gesalbte Lüstling im Antiquariat über die heilige Agnes sprach, betrat Agnes Pollinger den fünften Stock des Hauses Schellingstraße 104 und stand nun vor dem Atelier Arthur Maria Lachners. »Akademischer Kunstmaler« las sie auf dem Schilde unter seinem schönen Namen.

Und darunter hing ein Zettel mit der Überschrift: »Raum für Mitteilungen, falls nicht zuhause« und da stand: »Wir sind um zwo im Stefanie. Schachmatt. – Sie kommt, ich erscheine um achtzehn Uhr. Kastner. – War gestern Abend da, Blödian. Erwarte mich. Rembrandt. – Was macht mein Edgar Allan Poe III. Band? Du weißt schon. – Kann Dir mitteilen, daß ich nicht kann. Elly. – Bin Mittwoch fünf Uhr Nachmittag da. Gruß Priegler.« Und diese Mitteilungen umgaben auf dem Rande des Zettels lauter einzelne Worte, wie eine Girlande. Es waren meist Schmähworte, wie: »Bruch, Aff, Mist, Trottel, Arsch, Rindvieh, Gauner, Hund« usw.

Neben dem Zettel erblickte Agnes eine kurze Schnur, an deren Ende ursprünglich ein Bleistift befestigt worden war, aber dieser Bleistift ist wieder mal geklaut worden, und nun hing die arme Schnur nur so irgendwie herunter, mürrisch, einsam und erniedrigt, ohne Zweck und ohne Sinn. Sie hatte ihre Daseinsberechtigung verloren und ihre einzige Hoffnung war ein neuer Bleistift. Sie wußte ja noch nicht, daß ihr Herr, der Lachner, bereits beschlossen hatte, nie wieder einen Bleistift vor seine Tür zu hängen.

Die Schnur kannte den Dieb, sie wußte, daß er Kastner hieß, und es quasselte die Schnur, daß keine Behörde ihre Anklagen zu Protokoll nahm. –
Agnes wollte läuten, aber neben der Klingel hing ebenfalls ein Zettel: »Glocke ruiniert, bitte sehr stark gen die Pforte zu pochen. AML.«
Und Agnes erriet, daß diese drei Buchstaben »Arthur Maria Lachner« bedeuten und sie pochte sehr stark gegen die Pforte.
Sie hörte wie jemand rasch und elastisch einen langen Korridor entlang schritt und sie war überzeugt, daß dieser lange Korridor stockfinster ist, obwohl sie ihn ja noch nie gesehen hatte.
Ein Herr in Pullover und Segelschuhen öffnete: »Ach, Sie sind doch wahrscheinlich das Modell? Je nun, Sie kommen gerade recht, ich bin AML und Sie heißen doch Pollinger, nicht? Alors, erlauben Sie, daß ich vorausgehe, der Korridor ist nämlich leider stockfinster. Bitte, nach mir!«
Und Agnes war befriedigt, daß sie es erraten, daß der Korridor stockfinster ist. –
Das Atelier hingegen war hell und groß, die Sonne brannte durch die hohe Glasscheibe und Agnes dachte, hier muß es auch im strengsten Winter mollig warm sein; wenn nur auch im Winter die Sonne so scheinen würde wie im Sommer. Dann dürfte es ruhig schneien.
Links an der Wand lehnte ein kleiner eiserner Herd. Auf ihm standen Bierflaschen, Teetassen, ein Teller, zwei verbogene Löffel, ein ungereinigter Rasierapparat und die Briefe Vincent van Goghs in Halbleinen.

Hinter einer spanischen Wand lag ein Grammophon in einem unüberzogenen Bette und rechts im Hintergrund thronte ein Buddha auf einer Kiste, die mysteriös bemalt war. An den Wänden hinten Reproduktionen von Greco und Bayros und drei Originalporträts phantastischer indischer Göttinnen von AML. Die Staffelei wartete vor einem kleinen Podium, auf dem sich ein altes durchdrücktes Sofa zu schämen schien. Es roch nach Ölfarben, Sauerkohl und englischen Zigaretten.

Und AML sprach:

»Wie, Sie heißen Agnes? Ich war einst mit einer Agnes befreundet, die schrieb die entzückendsten Märchen, so irgendwie feine zarte in der Farbe. Sie war die Gattin unseres Botschafters in der Tschechoslowakei. Sie haben Sie gekannt? Nein? Sehr schade, da haben Sie wirklich etwas versäumt! Ich bin auch mit dem Botschafter befreundet, ich habe ihn porträtiert und das Bild hängt nun in der Nationalgalerie in Berlin. Kennen Sie Berlin? Nein? Sehr schade, da haben Sie wirklich etwas versäumt! Als ich das letzte Mal in Berlin war, traf ich Unter den Linden meinen Freund, den Botschafter in der Tschechoslowakei. Sie kennen doch die Tschechoslowakei? Nein? Ich auch nicht. Sehr schade, da haben Sie wirklich etwas versäumt.«

Und dann sprach er über die alte Stadt Prag und erwähnte so nebenbei den Golem. Und er meinte, er sei nun auf die tschechoslowakischen Juden zu sprechen gekommen, weil seine Großmutter Argentinierin gewesen wäre, eine leidenschaftliche Portugiesin, die man einst in Bremen wegen ihrer schwarzen Glutaugen leider für eine Israelitin gehalten hätte – und er unterbrach sich selbst ungeduldig; er wolle nun tatsächlich nicht über die südamerikanischen Pampas plaudern, sondern über sich, seine Sendung und seine Arbeitsart. Der Kastner würde es ihr ja wahrscheinlich schon mitgeteilt haben, daß er sie im Auftrag eines Düsseldorfer Generaldirektors als Hetäre im Opiumrausch malen muß.

So benannte AML einen Viehhändler aus Kempten zum Generaldirektor in Düsseldorf und Agnes wurde stutzig: der Kastner hätte ihr doch gesagt, daß sie im Auftrage des hessischen Freistaates als Hetäre im Opiumrausch gemalt werden würde.

Doch AML lächelte nur und log: der Kastner hätte sich versprochen, denn im Auftrage des hessischen Freistaates mußte er eine Madonna schaffen. Aber dazu benötige er ein demivièrge Modell mit einem wissenden Zug um den unbefleckten Mund. Er sei sich ja bewußt, daß er nicht das richtige Verhältnis zur Muttergottes besitze, und er führte Agnes vor den Buddha auf der Kiste.

Das sei sein Hausaltar, erklärte er ihr. Sein Gott sei nicht gekreuzigt worden, sondern hätte nur ständig seinen Nabel betrachtet und dieser Erlöser nenne sich Buddha. Er selbst sei nämlich Buddhist. Auch er würde regelmäßig meditieren, zur vorgeschriebenen Zeit die vorschriftsmäßigen Gebete und Gebärden verrichten und wenn er seiner Eingebung folgen dürfte, würde er die Madonna mit sechs Armen, zwölf Beinen, achtzehn Brüsten und drei Köpfen malen. Aber das Interessanteste an ihm sei, daß er trotz der

buddhistischen Askese Sinn für Hetären im Opiumrausch habe, das sei eben sein Zwiespalt, er habe ja auch zwei verschiedene Gesichtshälften. Und er zeigte ihr sein Selbstporträt. Das sah aus, als hätte er links eine gewaltige Ohrfeige bekommen.
»Die ungemeine Ausprägung der linken Gesichtshälfte ist ein Merkmal der Invertiertheit«, konstatierte er. »Alle großen Männer waren invertiert. Auch Oscar Wilde.«
Neuerdings nämlich überraschte sich AML bei Erregungen homosexueller Art. Als korrekter Hypochonder belauerte er auch seinen Trieb.
Und Agnes betrachtete Buddhas Nabel und dachte, das wäre bloß ein Schmeerbauch, und wenn der Buddhist noch nicht blöd sein sollte, so würde er bald verblöden, so intelligent sei er.

19

Agnes trat hinter die spanische Wand. »Ziehen Sie sich nur ruhig aus«, vernahm sie des Buddhisten Stimme und hörte, wie er sich eine Zigarette anzündete. »Es ist bekannt, daß sich das erste Mal eine gewisse Scheu einstellt. Sie sind doch kein Berufsmodell. Jedoch nur keine falsche Scham! Wir alle opfern auf dem Altare der Kunst und ohne Schamlosigkeit geht das eben nicht, sagt Frank Wedekind.«
Agnes fand es höchst überflüssig, daß er sich verpflichtet fühlte, ihr das Entkleiden zu erleichtern,

denn sie dachte sich ja nichts dabei, da es ihr bekannt war, daß sie gut gebaut ist.
Einmal wurde sie von der Tante erwischt, wie sie sich gerade Umfang und Länge ihres Oberschenkels maß, nämlich in der Sonntagsbeilage standen die genauen Maße der amerikanischen Schönheitskönigin Miss Virginia und die Redaktion der Sonntagsbeilage versprach derjenigen Münchnerin hundert Mark, deren Körperteile genau die selben Maße aufweisen konnten. Die Tante behauptete natürlich, das wären wahrscheinlich die Maße eines Menschenaffen und Agnes täte bedeutend klüger, wenn sie auf das Arbeitsamt in der Thalkirchnerstraße ginge, statt sich von oben bis unten abzumessen, wie eine Badhur und sie fragte sich noch, ob sie sich denn überhaupt nicht mehr schäme. Agnes dachte sich nur, wenn sie der Tante ihre Maße hätte, dann würde sie sich allerdings schämen und freute sich, daß sie genau so gebaut ist wie Miss Virginia. Nur mit dem Busen, dem Unterarm und den Ohren klappte es nicht so ganz genau, aber sie beschwindelte sich selbst und war überzeugt, das könne bei der Verteilung der hundert Mark keinerlei Rolle spielen. Aber es spielte eine Rolle und die hundert Mark gewann ein gewisses Fräulein Koeck aus der Blumenstraße und in der nächsten Sonntagsbeilage protestierte dagegen ein Kaufmann aus der Thierschstraße, weil die Hüfte seiner Gattin nur um einen knappen Zentimeter breiter wäre, als die Hüfte der Schönheitskönigin und Fräulein Koeck hätte doch hingegen um einen ganzen halben Zentimeter dünnere Oberschenkel und um zwo Zentimeter längere Finger.

Auch ein Turnlehrer aus der Theresienstraße protestierte und schrieb, man müsse überhaupt betreffs Hüften die Eigenart des altbayerischen Menschenschlages gebührender berücksichtigen, und es gäbe doch gottlob noch unterschiedliche Rassenmerkmale. Und Agnes dachte, es gibt halt keine Gerechtigkeit.
Damals schlug ihr dann der Kastner vor, ob er sie als künstlerischen Akt fotografieren dürfe, aber sie müsse sich vorher noch so ein Lächeln wie die Hollywooder Stars antrainieren. Sie ließ sich zwar nicht fotografieren, versuchte aber vor dem Spiegel das Hollywooder Lächeln zu erlernen, fing jedoch plötzlich an Grimassen zu schneiden und erschrak derart über ihr eigenes Gesicht, daß sie entsetzt davonlief.
Aber der Kastner ließ nicht locker und noch vor zehn Tagen, als er mit ihr am Ammersee badete, versuchte er sie zu fotografieren. Er erzählte ihr, daß in Schweden alles ohne Trikot badet, denn das Trikot reize die Phantasie, ohne sie zu befriedigen und das wäre ungesund. Hier mengte sich ein fremder Badegast in das Gespräch und sagte, er wäre Schwede und er fragte Agnes, ob sie nicht mit ihm Familienkunde treiben wolle, maßen sie einen Langschädel habe und blau und blond sei; jedoch der Kastner wurde sehr böse und log, er selbst sei ebenfalls Schwede, worauf jener Schwede sehr verlegen wurde und kleinlaut hinzufügte, er wäre allerdings nur ein geborener Schwede, aber Privatgelehrter. –
Dieser geborene schwedische Privatgelehrte fiel nun Agnes plötzlich ein, weil AML sagte: »In Schweden badet alles ohne Trikot. Lassen Sie die Strümpfe an!

Ein weiblicher Akt mit Strümpfen wirkt bekanntlich erotisierender. Meine Hetäre trägt Strümpfe! Ich will die Hetäre mit Strümpfen erschaffen, mit Pagenstrümpfen! Eine Hetäre ohne Pagenstrümpfe ist, wie –« Er stockte, denn es fiel ihm kein Vergleich ein, und er ärgerte sich darüber und fuhr rasch fort: »Ich las gestern eine pittoreske Novelle von –« Er stockte wieder, denn es fiel ihm kein Novellist ein und legte wütend los: »Vorgestern habe ich mich rasiert und da habe ich mich furchtbar geschnitten und heute habe ich mich wieder rasiert und habe mich nicht geschnitten! Kennen Sie die Psychoanalyse? Es ist alles Symbol, das stimmt. Wir denken symbolisch, wir können nur zweideutig denken. Zum Beispiel: das Bett. Wenn wir an ein Bett denken, so ist das ein Symbol für das Bett. Verstehen Sie mich? Ich freue mich nur, daß Sie kein Berufsmodell sind. Ich hasse das Schema, ich benötige Individualität! Ich bin nämlich krasser Individualist, hinter mir steht keine Masse, auch ich gehöre zu jener ›unsichtbaren Loge‹ wahrer Geister, die sich über ihre Zeit erhoben und über die gestern in den ›Neuesten‹ ein fabelhaftes Feuilleton stand!«
Und während Agnes ihr Hemd auf das Grammophon legte, verdammte er den Kollektivismus.

20

Manchmal schwätzte AML als wäre er ein Schwätzer. Aber er schwätzte ja nur aus Angst vor einem gewissen Gedanken. –

Sein Vater war Tischlermeister gewesen und AML hatte zu Hause nie ein böses Wort gehört. Er erinnerte sich seiner Eltern als ehrlicher arbeitsamer Menschen und manchmal träumte er von seiner Mutter, einer rundlichen Frau mit guten großen Augen und fettigem Haar. Es war alles so schön zu Hause gewesen und zufrieden. Es ist gut gekocht und gern gegessen worden und heute schien es AML, als hätten auch seine Eltern an das Christkind geglaubt und den Weihnachtsmann. Und manchmal mußte AML denken, ob er nicht auch lieber Tischlermeister geworden wäre mit einem Kind und einer rundlichen Frau mit guten großen Augen und fettigem Haar.

Dieser Gedanke drohte ihn zu erschlagen.

Und um nicht erschlagen zu werden, verkroch er sich vor jedem seiner Gedanken. Wenn er allein im Atelier saß, sprach er laut mit sich selbst, nur um nichts denken zu müssen. Oder er ließ das Grammophon spielen, rezitierte Gedichte, pfiff Gassenhauer und manchmal schrieb er sich sogar selbst Nachrichten auf den Zettel mit der Überschrift: »Raum für Mitteilungen, falls nicht zu Hause.«

Er tat, wie die Chinesen tun, die überall hin Glöcklein hängen, um die bösen Geister zu verscheuchen. Denn die bösen Geister fürchten auch das feinste Geräusch und glotzen uns nur in der Stille an.

Er haßte die Stille.

Etwas in seinem Wesen erinnerte an seinen verstorbenen Onkel August Meinzinger in Graz. Der sammelte Spitzen, hatte lange schmale Ohren und saß oft stundenlang auf Kinderspielplätzen.

Er war ein alter Herr und in seinem Magen wuchs ein Geschwür. Er mußte auf seine Lieblingsknödel verzichten, wurde boshaft und bigott, bedauerte kein Mönch geworden zu sein, las Bücher über die Folterwerkzeuge der Hölle und nahm sich vor, rechtschaffene Taten zu vollbringen; denn er hatte solche Angst vor dem Tode, daß er sich beschiß, wenn er eine Sense sah. Die Hölle, das Magengeschwür und die entschwundenen Lieblingsknödel beunruhigten seine Phantasie.
Einst als AML vier Jahre alt wurde, besuchte Onkel August München. Und da es dämmerte, schlich er an AMLs Bettchen und kniff ihn heimlich blau und grün, weil er eingeschlafen war, ohne gebetet zu haben. Er schilderte ihm die Qualen der Hölle und zitterte dabei vor dem jüngsten Gericht wie ein verprügelter Rattler. Der kleine AML hörte ihm mit runden Augen zu, fing plötzlich an zu weinen und betete. Er wußte zwar nicht, was er daherplapperte und hätte es auch gar nicht begriffen, daß er ein sündiger Mensch ist. Seine Sünden bestanden damals leidglich darin, daß er mit ungewaschenen Händchen in die Butter griff, was ihm wohltat, daß er verzweifelte, wenn der Kaminkehrer kam, in der Nase bohrte und daran lutschte, sich des öfteren bemachte, in den Milchreis rotzte und den Pintscher Pepperl auf den Hintern küßte.
Und als AML in die Schule kam, verschied der Onkel August in Graz nach einem fürchterlichen Todeskampfe. Er röchelte zehn Stunden lang, redete wirres Zeug daher und brüllte immer wieder los: »Lüge! Lüge! Ich kenn kein kleines Mizzilein, ich hab nie

Bonbons bei mir, ich hab kein Mizzilein in den Kanal gestoßen, Mizzilein ist von selbst ertrunken, allein! Allein! Ich hab ja nur an den Wädelchen getätschelt, den Kniekehlchen! Meine Herren, ich hab nie Bonbons bei mir!« Und dann schlug er wild um sich und heulte: »Auf dem Diwan sitzt der Satan! Auf dem Diwan sitzt noch ein Satan!« Dann wimmerte er, eine Straßenbahn überfahre ihn mit Rädern wie Rasiermesser. Und seine letzten Worte lauteten: »Es ist strengstens verboten mit dem Wagenführer zu sprechen!«
Und des Onkels Seele schwebte himmelwärts aus der steiermärkischen Stadt Graz und mit seinem Geld wurde der Altar einer geräderten heiligen Märtyrerin renoviert und ihr gekröntes Skelett neu vergoldet, denn August Meinzinger hatte tatsächlich sein ganzes Vermögen aus rücksichtsloser Angst vor dem höllischen Schlund in jenen der alleinseligmachenden Kirche geworfen.
Nur seinem Neffen AML hatte er ein silbernes Kruzifixlein hinterlassen, welches dieser fünfzehn Jahre später, 1913, im Versatzamt verfallen ließ, denn er benötigte das Geld für die Behandlung seines haushohen Trippers.
Und kaum war er geheilt, brach der Weltkrieg aus. Er wurde Pionier, bekam in Belgrad das eiserne Kreuz und in Warschau seinen zweiten Tripper.
Und kaum war er geheilt, brach Deutschland zusammen. Und während die Menschen, die weitergehen wollten, erschossen wurden, bekam er seinen dritten Tripper.
Und kaum war er geheilt, trat in Weimar die National-

versammlung zusammen. Er wurde beherrscht und schwor, sich offiziell zu verloben, um seinen Geschlechtsverkehr gefahrlos gestalten zu können. Er wollte die Tochter eines Regierungsbaumeisters heiraten, es war eine reine Liebe und sie brachte ihm seinen vierten Tripper.

Nun wurde er immer vergeistigter und bildete sich ein, er sei verflucht. Hatte er mal Kopfschmerzen, Katarrh, einen blauen Fleck, Mitesser, Husten, Fieber, Durchfall oder harten Stuhl, immer witterte er irgendeinen mysteriösen Tripper. Er wagte sich kaum mehr einem Weib zu nähern, haßte auch die Muttergottes und wurde Buddhist.

Durch das Mikroskop erblickte er das Kleinod im Lotos.

21

Agnes stand nun vor AML.

Sie hatte nur ihre Strümpfe an und schämte sich, weil der eine zerrissen war, während AML meinte, es wäre jammerschade, daß sie keine Pagenstrümpfe habe. Dann forderte er sie auf, im Atelier herumzugehen. »Gelöst«, sagte er. »Nur gelöst!« Und so gelöst solle sie sich auch setzen, legen, aufstehen, niederknien, kauern, aufstehen, wieder hinlegen, wieder aufstehen, sich beugen und wieder herumgehen – das hätten nämlich auch die Modelle von Rodin genauso machen müssen. Selbst Balzac hätte vor Rodin vierzehn Tage lang so gelöst herumgehen müssen, bis Rodin die richtige Pose gefunden hätte. Er habe es zwar nicht nötig, dabei Skizzen zu machen, wie jener, er behalte nämlich alle seine Skizzen im Kopf, denn er habe ein gutes Gedächtnis. Damit wolle er sich jedoch keineswegs mit Rodin vergleichen, das wäre ja vermessen, aber er sei halt nun mal so. Agnes tat alles, was er wollte und wunderte sich über sein sonderbar sachliches Mienenspiel, denn eigentlich hatte sie erwartet, daß er sich ihr nähern werde. Und nun schämte sie sich noch mehr über ihren zerrissenen Strumpf.

Sie erinnerte sich des Fräulein Therese Seitz aus der Schellingstraße. Die war Berufsmodell und hatte ihr mal von einem Kunstmaler erzählt, der behauptet hätte, er könnte sie leider nicht malen, wenn sie sich ihm nicht hingeben wollte und er müßte sie leider hinausschmeißen, das würde er nämlich seiner Kunst schuldig sein.

Endlich fand AML die richtige Pose. Sie hatte sich auf das Sofa gesetzt und lag nun auf dem Bauche. »Halt!« rief er, raste hinter seine Staffelei und visierte: »Jetzt hab ich die Hetäre! Nur gelöst! Gelöst! – es ist in die Augen fallend, daß sich die Kluft zwischen dem heutigen Schönheitsideal und jenem der Antike immer breiter auftut. Ich denke an die Venus von Milo.«

Und während AML an Paris dachte, dachte Agnes an sich und wurde traurig, denn: »Was tut man nicht alles für zwanzig Pfennige in der Stunde!«

Überhaupt diese Kunst! Keine zwanzig Pfennige würde sie für diese Kunst ausgeben! Wie oft hatte sie sich schon über diese ganze Kunst geärgert!

Wie gut haben es doch die Bilder in den Museen! Sie wohnen vornehm, frieren nicht, müssen weder essen noch arbeiten, hängen nur an der Wand und werden bestaunt, als hätten sie Gottweißwas geleistet.
Aber am meisten ärgerte sich Agnes über die Glyptothek auf dem Königsplatze, in der die Leute alte Steintrümmer beglotzen, so andächtig, als stünden sie vor der Auslage eines Delikatessengeschäftes.
Einmal war sie in der Glyptothek, denn es hat sehr geregnet und sie ging gerade über den Königsplatz. Drinnen führte einer mit einer Dienstmütze eine Gruppe von Saal zu Saal und vor einer Figur sagte er, das sei die Göttin der Liebe. Die Göttin der Liebe hatte weder Arme noch Beine. Auch der Kopf fehlte und Agnes mußte direkt lächeln und einer aus der Gruppe lächelte auch und löste sich von der Gruppe und näherte sich Agnes vor einer Figur ohne Feigenblatt. Er sagte, die Kunst der alten Griechen sei unnachahmbar und vor dem Kriege hätten auf Befehl des Zentrums die Saaldiener aus Papier Feigenblätter schneiden und diese auf die unsterblichen Kunstwerke hängen müssen und das wäre wider die Kunst gewesen. Und er fragte Agnes, ob sie mit ihm am Nachmittag ins Kino gehen wolle und Agnes traf sich mit ihm auf dem Sendlingertorplatz. Er kaufte zwei Logenplätze, aber da es Sonntag war und naß und kalt, war keine Loge ganz leer und das verstimmte ihn und er sagte, hätte er das geahnt, so hätte er zweites Parkett gekauft, denn dort sehe man besser, er sei nämlich sehr kurzsichtig. Und er wurde ganz melancholisch und meinte, wer weiß, wann sie sich wiedersehen werden,

er sei nämlich aus Augsburg und müsse gleich nach der Vorstellung wieder nach Augsburg fahren und eigentlich liebe er das Kino gar nicht und die Logenplätze wären verrückt teuer. Agnes begleitete ihn hernach an die Bahn, er besorgte ihr noch eine Bahnsteigkarte und weinte fast, da sie sich trennten und sagte: »Fräulein, ich bin verflucht. Ich hab mit zwanzig Jahren geheiratet, jetzt bin ich vierzig, meine drei Söhne zwanzig, neunzehn und achtzehn und meine Frau sechsundfünfzig. Ich war immer Idealist. Fräulein, Sie werden noch an mich denken. Ich bin Kaufmann. Ich hab Talent zum Bildhauer.«

22

Drei Stunden später schlug es dreiviertelfünf. AML beschäftigte sich bereits seit vier Uhr mit dem Hintergrunde seiner »Hetäre im Opiumrausch«. Der Hintergrund war nämlich seine schwächste Seite. Unter solch einem Hintergrund konnte er unsagbar leiden.
Auch jetzt juckte es ihn überall, es offenbarten sich ihm nur Hintergründe, die nicht in Frage kamen.
So schien ihm also der Dreiviertelfünfuhrschlag als wahre Erlösung, denn da sein Freund Harry Priegler um fünf Uhr erscheinen wollte, konnte er sagen: »Ziehen Sie sich an, Fräulein Pollinger! Für heut sind wir soweit. Dieser Hintergrund! Dieser Hintergrund! Dieser ewige Hintergrund!«
Und während Agnes sich vor einem Hintergrunde, der ebenfalls nicht in Frage kam, anzog, knurrte ihr Magen. Sie hatte nämlich an diesem Tage zwei Sem-

meln gegessen, sonst noch nichts. Ursprünglich hatte sie sich ja Suppe, Fleisch, gemischten Salat und Kompott bestellen wollen, so ein richtiges Menü für neunzig Pfennig, aber da sie erst um halb zwölf erwacht war und dann auch noch zehn Minuten lang gemeint hatte, es wäre erst acht oder höchstens neun, während sie doch um zwölf Uhr bereits als Hetäre im Atelier sein mußte, so war ihr eben für jenes Menü keine Zeit übrig geblieben. Abgesehen davon, daß sie ja nur mehr dreiundzwanzig Pfennig besaß.

Die zwei Semmeln kaufte sie sich bei jener Bäckersfrau in der Schellingstraße, die bekannt war ob ihrer Klumpfüße. Als Agnes den Laden betrat, las sie gerade die Hausbesitzerszeitung und meinte: »Der Mittelstand wird aufgerieben. Und was wird dann aus der Kultur? Überhaupts aus der Menschheit?« »Was geht mich die Menschheit an?« dachte Agnes und ärgerte sich, daß die Semmeln immer kleiner werden.

23

Agnes schlüpfte in ihren Schlüpfer.

»Es sind halt immer die gleichen Bewegungen«, überlegte sie. »Nur, daß ich jetzt seit einem Jahr keine Strumpfbänder trag, sondern einen Gürtel. Man kann zwar zum Gürtel auch Strumpfbänder tragen, aber oft haben die Männer schon gar keinen Sinn für Schmuck und werden bloß höhnisch und dann ist die ganze Stimmung zerrissen.«

Und sie erinnerte sich einer Fotografie in der »Illustrierten«. Auf der sah man eine lustige Amerikanerin aus New-York, die auf ihrem Strumpfband eine Uhr trug. Die »Strumpfbanduhr« stand darunter und dann war auch noch vermerkt, daß sie nicht nur einen Sekundenzeiger besitzt, sondern auch ein Läut- und Weckwerk und, daß sie nicht nur die Viertelstunden, sondern auch die Minuten schlägt und daß sie sich sogar als Stoppuhr verwerten läßt, zum Beispiel bei leichtathletischen Wettbewerben. Sie registriere nämlich genau die Zehntelsekunden und in der Nacht leuchte ihr Zifferblatt und überhaupt könne man von ihr auch die jeweiligen Stellungen der Sonne und des Mondes erkennen – ein ganzes Stück Weltall – und die glückliche Besitzerin dieser Strumpfbanduhr sei Miß Flora, die Tochter eines Konfektionskönigs, des Enkelkindes braver Berliner aus Breslau.

24

Harry Priegler war pünktlich. Er nahm die vier Treppen, als wären sie gar nicht da und betrat das Atelier ohne Atembeschwerden, denn er war ein durchtrainierter Sportsmann.

Als einziger Sohn eines reichen Schweinemetzgers und dank der Affenliebe seiner Mutter, einer klassenbewußten Beamtentochter, die es sich selbst bei der silbernen Hochzeit noch nicht völlig verziehen hatte, einen Schweinemetzger geheiratet zu haben, konnte er seine gesunden Muskeln, Nerven und Eingeweide derart rücksichtslos pflegen, daß er bereits mit sechzehn

Jahren als eine Hoffnung des deutschen Eishockeysportes galt.
Er hatte die Hoffenden nicht enttäuscht. Allgemein beliebt wurde er gar bald der berühmteste linke Stürmer und seine wuchtigen Schüsse auf das Tor, besonders die elegant und unhaltbar placierten Fernschüsse aus dem Hinterhalt, errangen internationale Bedeutung. Und was er auch immer vertrat, seinen Verein oder seine Vaterstadt, Südbayern oder Großdeutschland, immer kämpfte er überaus fair. Nie kam es vor, daß er sich ein »Foul« zuschulden kommen ließ, denn infolge seiner raffinierten Technik der Stockbehandlung und seiner überragenden Geschwindigkeit hatte er es nicht nötig.
Natürlich trieb er nichts als Sport. Das Eishockey war sein Beruf, trotzdem blieb er Amateur, denn seinen nicht gerade bescheidenen Lebensunterhalt bestritten die geschlachteten Schweine.
Harrys Arbeit hing in erschreckender Weise vom Wetter ab. Gab es kein Eis, hatte er nichts zu tun. Spätestens Mitte Februar wurde er arbeitslos und frühestens Mitte Dezember konnte er wieder eingestellt werden. Wenn ihm jemand während dieser Zeit auf der Straße begegnete, so teilte er dem mit einer gewissen müden Resignation mit, daß er entweder vom Schneider kommt oder zum Schneider geht. Er trug sich recht bunt, kaute Gummi und markierte mit Vorliebe den Nordamerikaner. Kurz: er war einer jener »Spitzen der Gesellschaft, die sich in ihren eigenen Autos bei AML Rendezvous geben«, wie sich der Kastner Agnes gegenüber so plastisch ausgedrückt

und über die er noch geäußert hat: »Das sind Möglichkeiten! Ich verlange zwar keineswegs, daß du dich prostituierst.«
Auch die übrigen Spieler seiner Mannschaft, vom Mittelstürmer bis zum Ersatzmann, waren in gleicher Weise berufstätig. Zwei waren zwar immatrikuliert an der philosophischen Fakultät, erste Sektion, jedoch dies geschah nur so nebenbei, denn alle waren Söhne irgendwelcher Schweinemetzger in Wien, Elberfeld oder Kanada. Nur der rechte Verteidiger ließ sich von einer Dame, deren Mann für das Eishockey kein Gefühl hatte, aushalten.
Mit diesem Verteidiger vertrug sich Harry ursprünglich recht gut, aber dann trübte eine Liebesgeschichte ihre Zuneigung und seit jener Zeit haßte ihn der rechte Verteidiger. Immerhin besaß er aber Charakter genug, um bei Wettkämpfen mit Harry präzis zusammenzuspielen, als wäre nichts geschehen.
Der rechte Verteidiger hatte sich nämlich mit Erfolg in die Geliebte des Tormannes verliebt und diese Geliebte hatte plötzlich angefangen, sich für Harry zu interessieren. Der Tormann, ein gutmütiger Riese, hat bloß traurig gesagt: »Frauen sind halt unsportlich« und der rechte Verteidiger hatte nichts dagegen einzuwenden, solange die Unsportliche auch ihn erhört hatte, denn er war ein großzügiger Mann. Aber Harry hatte jene Unsportliche nicht riechen können und darüber hatte sie sich so geärgert, daß sie plötzlich den rechten Verteidiger nicht mehr riechen konnte. »Also vom Wintersport hab ich jetzt genug«, hatte sie gesagt und ist nach San Remo gefahren und hat sich dort von

einem faschistischen Parteisekretär Statuten beibringen lassen, ist dann zurückgekommen und hat vom Mussolini geschwärmt und konstatiert: »In Italien herrscht Ordnung!«
Harry lernte AML im »Diana« kennen. Das »Diana« und der »Bunte Vogel« in der Adalbertstraße zu Schwabing waren während der Inflation sogenannte Künstlerkneipen mit Künstlerkonzert und es trafen sich dort allerhand arme Mädchen, Corpsstudenten, Schieber, verkommene Schauspieler, rachsüchtige Feuilletonisten und homosexuelle Hitlerianer. Hier entstand dies Lied:

Wir wollen uns mit Kognak berauschen
Wir wollen unsere Weiber vertauschen
Wir wollen uns mit Scheiße beschmieren
Wir wollen überhaupt ein freies Leben führen!

Harry hatte für Kunst nichts übrig, ihn interessierten eigentlich nur die Mädchen, die sich möglichst billig erstehen ließen. Denn trotz seines lebemännischen Äußeren konnte er ab und zu recht geizig werden, wenn es um das Ganze ging. Überhaupt bricht bei Kavalieren seiner Art durch die Kruste der Nonchalance gar häufig überraschend primitiv eine ungebändigte Sinneslust, eine Urfreude am Leben.
So hat mal der Mittelstürmer seiner Liebe den Nachttopf an den Kopf werfen wollen und ein anderer Mittelstürmer hat es auch getan.
Als Harry und AML sich kennen lernten, fanden sie sich sogleich sympathisch. Beide waren betrunken, Harry hatte natürlich Valuten, AML natürlich nur mehr eine Billion, hingegen hatte er ein Mädchen, welches hinwie-

derum Harry nicht hatte. So bezahlte letzterer die Zeche und AML improvisierte ein Atelierfest. Kurz nach zwei Uhr übergab sich Harry und bettelte um ein Stück Papier, jedoch AML meinte: »Ehrensache! Das putz ich auf, das ist Hausherrnrecht! Ehrensache!« Und er putzte tatsächlich alles fein säuberlich auf und übergab sich dann selbst, während Harry ihm ob seiner Gastfreundschaft dankte. Dann näherte er sich einem Mädchen, das schon so müd war, daß sie ihn mit AML verwechselte.

Aber AML verzieh Harry und meinte nur, die schönste Musik sei die Musik der Südsee. Dann schmiß er die Müde raus und so entwickelte sich zwischen den beiden Männern eine wahre Freundschaft. Harry bezahlte die Zeche der Mädchen, die AML einlud. Und so konnte es auch nicht ausbleiben, daß Harry sich anfing, für Kunst zu interessieren. Dumpf pochte in ihm die Pflicht, lebenden Künstlern unter die Arme zu greifen.

Er ließ sich sein Lexikon prunkvoll einbinden, denn das sei schöner als die schönste Tapete oder Waffen an der Wand. Er las gerne Titel und Kapitelüberschriften, aber am liebsten vertiefte er sich in Zitate auf Abreißkalendern.

Dort las er am hundertsten Todestag Ludwig van Beethovens: »Kunst ist eigentlich undefinierbar.«

25

Als Agnes Harry vorgestellt wurde, sagte er: »Angenehm!« und zu AML: »Verzeih, wenn ich wieder mal störe!«

»Oh bitte! Du weißt doch, daß ich nicht gestört werden kann! Fräulein Pollinger ist nur mein neues Modell. Ich stehe wiedermal vor dem Hintergrund. Bist du mit dem Auto da?«
Hätte Agnes etwas Zerbrechliches in der Hand gehalten, dann hätte sie es bei dem Worte »Auto« wahrscheinlich fallen lassen, so unerwartet tauchte es vor ihr auf, als würde es sie überfahren – obwohl sie sich doch seit Kastners Besuch darüber im klaren war, daß sie oben drinnen sitzen will. Und sie überraschte sich dabei, wie gut ihr Harrys grauer Anzug gefiel und, daß sie den Knoten seiner Krawatte fabelhaft fand.
Die beiden Herren unterhielten sich leise. Nämlich AML wäre es irgendwie peinlich gewesen, wenn seine Hetäre erfahren hätte, daß er Harry vierzig Mark schuldet und daß er diese Schuld noch immer nicht begleichen kann und daß er Harry lediglich fragen wollte, ob er ihm nicht noch zwanzig Mark pumpen könnte. – »Sie fährt sicher mit«, meinte er und betonte dies »sicher« so überzeugt, daß es Agnes hören mußte, obwohl sie nicht lauschte.
Nun wurde sie aber neugierig und horchte, denn sie liebte das Wort »vielleicht« und gebrauchte nie das Wort »sicher«. Und dies fiel ihr plötzlich auf und sie war mit sich sehr zufrieden.
Scheinbar interessiert blätterte sie in den Briefen van Goghs und hörte, wie Harry von zwei Herren sprach, die ihm anläßlich seines fabelhaften Spieles in der Schweiz persönlich gratulieren wollten. Als sie ihm aber ihre Aufwartung machten, da stahlen sie ihm aus seiner Briefmarkensammlung den »schwarzen Einser«

und den »sächsischen Dreier«. Einer von ihnen habe sich an eine Baronin attachiert und diese Baronin sei sehr lebensfreudig, nämlich sie habe sich gleich an drei Männer attachiert. Der Baron sei unerwartet nach Hause gekommen und habe nur gesagt: »Guten Abend, die Herren!« und dann sei er gleich wieder fort. Die Herren seien verdutzt gewesen und der Baron habe sich in der gleichen Nacht auf dem Grabe seiner Mutter erschossen. Harry sagte noch, er verstünde es nicht, wie man sich aus Liebe erschießen kann.

Auch Agnes verstand dies nicht.

Sie dachte, was wäre das für eine Überspanntheit, wenn sie sich auf dem Grabe ihrer Mutter erschießen würde. Oder wenn sich zum Beispiel jetzt der Eugen auf dem Grabe seiner Mutter erschießen würde. Abgesehen davon, daß seine Mutter vielleicht noch lebt, würde ihr so etwas niemals einfallen, und auch dem Eugen wahrscheinlich vielleicht niemals. Zwar hätte es ganz so hergeschaut, als hätte er ein tieferes Gefühl für sie empfunden, denn er hätte schon ziemlich gestottert, wenn er ihr etwas Erfreuliches hätte sagen wollen.

Auch Agnes stotterte einst.

Zur Zeit ihrer einzigen großen Liebe, damals, da sie mit dem Brunner aus der Schellingstraße ging, stieg ihr auch jedesmal, wenn sie an ihn dachte, so ein tieferes Gefühl aus dem Magen herauf und blieb in der Gurgel stecken. Und wenn sie ihm gar mal unerwartet begegnete, wurde es ihr jedes Mal übel vor lauter Freude, so, daß sie sich am liebsten übergeben hätte. Der Brunner

aber lachte jedes Mal, nur einmal wurde er plötzlich sehr ernst und streng und meinte, wenn man an nichts anderes zu denken hätte, so wäre ja so eine große Liebe recht abwechslungsreich. Darüber war sie dann recht empört, denn sie hatte ja alles andere, an das sie sogar sehr hätte denken müssen, vergessen. Sie las ja auch damals bloß solch blöde Bücher über eifersüchtige Männer und leidenschaftliche Weiber.
Und als sie dann der Brunner sitzen ließ, heulte sie auf ihrer verwanzten Matratze und es fiel ihr tatsächlich ein: was tät er sagen, wenn ich jetzt aus dem Fenster springen tät? Und vielleicht grad ihm auf den Kopf fallen tät?
Seinerzeit lief sie sogar in die Kirche und betete: »Lieber Gott! Laß diesen Kelch an mir vorübergehen –« Sie sprach plötzlich hochdeutsch, nämlich sie fand diesen Satz so wahr und wunderschön. Sie glaubte daran, daß da drinnen eine tiefe Erkenntnis steckt.
Heute, wenn ihr dieser Satz einfällt, kriegt sie einen roten Kopf, so komisch kommt sie sich vor. Aus Liebe tun sich ja heut nur noch die Kinder was an!
So erhängte sich erst unlängst ein Realgymnasiast wegen einer Realgymnasiastin, weil die sich mit einem Motorradfahrer einließ. Zuerst fühlte sich die Realgymnasiastin geschmeichelt, aber dann fing sie plötzlich an, von lauter erhängten Jünglingen zu träumen und wurde wegen Zerstreutheit zu Ostern nicht versetzt. Sie wollte ursprünglich Kinderärztin werden, verlobte sich dann aber mit jenem Motorradfahrer. Der hieß Heinrich Lallinger.

Erst heute begreift Agnes ihren Brunner aus der Schellingstraße, der da sagte, daß wenn zwei sich gefallen, so kommen die zwei halt zusammen, aber das ganze Geschwätz von der Seele in der Liebe, das sei bloß eine Erfindung jener Herrschaften, die wo nichts zu tun hätten, als ihren nackten Nabel zu betrachten. Und in diesem Sinne wäre es auch lediglich eine Gefühlsroheit, wenn irgendeine Agnes außer seiner Liebe auch noch seine Seele verlangen täte, denn so eine tiefere Liebe endete bekanntlich immer mit Schmerzen und warum sollte er sich sein Leben noch mehr verschmerzen. Er wolle ja keine Familie gründen, dann allerdings müßte er schon ein besonderes Gefühl aufbringen, denn immer mit demselben Menschen zusammenzuleben, da gehöre schon was Besonderes dazu. Aber er wolle ja gar keine Kinder, es liefen schon eh zu viel herum, wo wir doch unsere Kolonien verloren hätten.

Heute würde Agnes antworten: »Was könnt schon aus meim Kind werden? Es hätt nicht mal eine Tante, bei der es dann später wohnen könnt! Wenn der Mensch im Leben erreicht, daß er in einem Auto fahren kann, da hat er schon sehr viel erreicht.«

26

»Sicher!« hatte AML gesagt. »Sicher fährt sie mit.«

Er war so sicher seiner Sache, er betrieb ja nicht nur psychologische Studien, sondern er empfand auch eine gewisse Schadenfreude anläßlich jeder geglückten

Kuppelei, denn er durchschritt im Geiste dann immer wieder seinen Weg zu Buddha.
Agnes befürchtete bereits, von Harry nicht aufgefordert zu werden und so sagte sie fast zu früh »ja« und vergaß ihren knurrenden Magen vor Freude über die Fahrt an den Starnberger See.
Harry hatte sie nämlich gefragt: »Fräulein, Sie wollen doch mit mir kommen – nur an den Starnberger See?«
Unten stand das Auto. Es war schön und neu und als Agnes sich in es setzte, dachte sie einen Augenblick an Eugen, der in einer knappen Stunde an der Ecke der Schleißheimerstraße stehen wird. Sie erschrak darüber, daß sie ihn höhnisch betrachtete, wie er so dort warten wird, – ohne sich setzen zu können. – »Pfui!« sagte sie sich und fügte hinzu: »Lang wird er nicht warten!«
Dann ging das Auto los.

27

Um sechs Uhr wartete aber außer Eugen noch ein anderer auf Agnes, nämlich der Kastner.
Er hatte doch erst vor vierundzwanzig Stunden zu AML gesagt:
»Also, wenn du mir zehn Mark leihst, dann bringe ich dir morgen ein tadelloses Modell für zwanzig Pfennig. Groß, schlank, braunblond und es versteht auch einen Spaß. Aber wenn du mir nur fünf Mark leihen kannst, so mußt du dafür sorgen, daß ich Gelegenheit bekomme, um sie mir nehmen zu können. Also ich erscheine

um achtzehn Uhr, Kognak bringe ich mit, Grammophon hast du.«

AML hatte dem Kastner zwar nur drei Mark geliehen, hingegen hatte er sich vom Harry Priegler außer den vierzig abermals zwanzig Mark leihen lassen, macht zusammen plus sechzig Mark neben minus drei Mark. Es wäre also unverzeihbar töricht gewesen, wenn er dem Harry betreffs Agnes nicht entgegengekommen wäre, nur um dem Kastner sein Versprechen halten zu können.

Der Kastner war ein korrekter Kaufmann und übersah auch sofort die Situation. Alles sah er ein und meinte nur: »Du hast wieder mal dein Ehrenwort gebrochen.« Aber dies sollte nur eine Feststellung sein, beileibe kein Vorwurf, denn der Kastner konnte großzügig werden, besonders an manchen Tagen.

An solchen Tagen wachte er meistens mit einem eigentümlichen Gefühl hinter der Stirne auf. Es tat nicht weh, ja es war gar nicht so häßlich, es war eigentlich nichts.

Das einzig Unangenehme dabei war ein gewisser Luftzug, als stünde ein Ventilator über ihm. Das waren die Flügel der Verblödung.

28

Der Vater des Kastner war ursprünglich Offizier. Er hieß Alfons und jedes dritte Wort, das er sprach, schrieb oder dachte, war das Wort »eigentlich«. So hatte er »eigentlich« keine Lust zum Leutnant, aber er hatte sich seinerzeit »eigentlich« widerspruchslos dem elterlichen Zwange gebeugt und war in des Königs Rock geschlüpft, weil er »eigentlich« nicht wußte, was er »eigentlich« wollte. »Eigentlich« konnte er sauber zeichnen, aber er wäre kein guter Künstler geworden, denn er war sachlich voller Ausreden und persönlich voller Gewissensbisse, statt umgekehrt. Er war ein linkischer Leutnant, las Gedichte von Lenau, Romane von Tovote, kannte jede Operette und hatte Zwangsvorstellungen. In seinem Tagebuch stand: »Ich will nicht mehr! Ich kann nicht mehr! Oh, warum hat mich Gott eigentlich mit Händen erschaffen!«

Die Mutter des Kastner war ursprünglich Verkäuferin in einer Konditorei und so mußte der Vater naturgemäß seinen Abschied nehmen, denn als Offizier konnte er doch keine arbeitende Frau ehelichen, um den Offiziersstand nicht zu beschmutzen. Er wurde von seinem Vater, einem allseits geachteten Honorarkonsul, enterbt. »Mein Sohn hat eine Kellnerin geheiratet«, konstatierte der Honorarkonsul. »Mein Sohn hat eine Angestellte geheiratet. Mein Sohn hat eine Dirne geheiratet. Ich habe keinen Sohn mehr.«

So wurde der Leutnant Alfons Kastner ein Sklave des Kontors und war derart ehrlich, niemals dies Opfer zu erwähnen. Denn, wie gesagt, war ja dies Opfer nur ein scheinbares, da ihm weitaus bedeutsamer für seine Zukunft, als selbst der Feldmarschallrang, eine Frau dünkte, die ihn durch ihre Hilflosigkeit zwang, alles zu »opfern«, um sie beschützen zu können, zu bekleiden, beschuhn, ernähren – kurz: für die er verantwortlich sein mußte, um sich selbst beweisen zu können,

daß er doch »eigentlich« ein regelrechter Mann sei. Er klammerte sich krampfhaft an das erste Zusammentreffen. Damals war sie so blaß, klein und zerbrechlich, entsetzt und hilfesuchend hinter all der Schlagsahne und Schokolade gestanden. Sie hatte sich nämlich mit einer Prinzregententorte überessen, aber da sie dies ihrem Alfons nie erzählt hatte, weil sie es selbst längst vergessen hatte, wurde er ihr hörig.
Sie war noch unberührt und wurde von ihrem Alfons erst in der Hochzeitsnacht entjungfert, allerdings erst nach einem Nervenzusammenbruche seinerseits mit Weinen und Selbstmordgedanken. Denn die Frau, die ihn »eigentlich« körperlich reizen konnte, mußte wie das Bild sein, das sie später zufällig in seiner Schublade fand: eine hohe dürre Frau mit männlichen Hüften und einem geschulterten Gewehr. Darunter stand: »Die fesche Jägerin. Wien 1894. Guido Kratochwill pinx.«
Und obwohl sie klein und rundlich war, blieb sie ihm doch ihr ganzes Leben über treu und unterdrückte jede Regung für einen fremden Mann, weil er ihr eben hündisch hörig war. So wurde sie die Gefangene ihres falschen Pflichtgefühles und bald verabscheute sie ihn auch, verachtete ihn mit dem Urhaß der Kreatur, weil die Treue, die ihr seine Hörigkeit aufzwang, sie hinderte, sich auszuleben.
Sie fing an, alle Männer zu hassen, als würde sie keiner befriedigen können und immer mehr glich sie einer Ratte.
Es war keine glückliche Ehe.
Und sie wurde auch nicht glücklicher, selbst da sie

ihm zwei Kinder gebar. Das erste, ein Mädchen, starb nach zehn Minuten, das zweite, ein Sohn, wollte mal später »eigentlich« Journalist werden.

29

»Ich hab extra Zigaretten mitgebracht«, sagte der Kastner.

Er saß bereits sechs Minuten auf dem Bette neben dem Grammophon und stierte auf einen Fettfleck an der spanischen Wand.

Dieser Fettfleck erinnerte ihn an einen anderen Fettfleck. Dieser andere Fettfleck ging eines Tages in der Schellingstraße spazieren und begegnete einem dritten Fettfleck, den er lange, lange Zeit nicht gesehen hatte, so, daß diese einst so innig befreundeten Fettflecke fremd aneinander vorbeigegangen wären, wenn nicht plötzlich ein vierter Fettfleck erschienen wäre, der ein außerordentliches Personengedächtnis besaß. »Hallo!« rief der vierte Fettfleck. »Ihr kennt euch doch, wir wollen jetzt einen Kognak trinken, aber nicht hier, hier zieht es nämlich, als stünde ein Ventilator über uns.«

»Ich hab extra einen Kognak mitgebracht«, sagte der Kastner. »Es wäre sehr leicht gewesen mit deinem Grammophon und meinem Kognak, sie war ja ganz gerührt, daß ich ihr hier das beschafft hab. Die Zigaretten kosten fünf Pfennig, ich rauch sonst nur welche zu drei, aber auf die war ich schon lang scharf, sie hat eine schöne Haut. Ich glaub, ich bin nicht wählerisch. Als Kind war ich wählerisch, ich hab es mir auch

leisten können, weil ich einen schönen Gang gehabt haben soll. Heut hab ich direkt wieder gehinkt.«
Heute sprach der Kastner gar nicht wählerisch. Heute hinkte sein Hochdeutsch und er war nicht stolz, weder auf seine Dialektik noch auf seine deutliche Aussprache. Er murmelte nur vor sich hin, als hätte er es vergessen, daß er »eigentlich« Journalist werden wollte.
Die Sonne sank schon immer tiefer und AML konnte kein Wort herausbringen vor innerer Erregung. Denn plötzlich, wie er den Kastner so dasitzen sah, sah er einen Hintergrund. »Die Stirne dieses Kastners wäre ein prächtiger Hintergrund, frohlockte sein göttlicher Funke.
Nämlich wenn es dämmerte, offenbarten sich AML die Hintergründe und je dunkler es wurde, um so farbenprächtiger strahlte an ihn die Ewigkeit. Es war sein persönliches Pech, daß man in der Finsternis nicht malen kann.
»Es sind mazedonische Zigaretten«, sagte der Kastner. »Bulgarien ist ein fruchtbares Land. Ein Königreich. Ich war dort im Krieg und in Sofia gibt es eine große Kathedrale, die dann die Agrarkommunisten in die Luft gesprengt haben. Das hier ist nicht der echte Tabak, denn die Steuern sind zu hoch; wir haben eben den Feldzug verloren. Es war umsonst. Wir haben umsonst verloren.«
»Auch in der Kunst das gleiche Spiel«, meinte AML. »Die Besten unserer Generation sind gefallen.«
»Stimmt«, philosophierte der Kastner. »Dir gehts gut, du bist talentiert.«

»Gut?!« schrie der Talentierte. »Gut?! Was weißt denn du von einem Hintergrund?!«
»Nichts«, nickte der Philosoph.
Und trank seinen Kognak und es dauerte nicht lange, so war er damit einverstanden, daß Agnes mit Harry an den Starnberger See fuhr. Eine fast fromme Ergebenheit erfüllte seine Seele und es fiel ihm weiter gar nicht auf, daß er zufrieden war.
Er kam sich vor wie ein gutes Gespenst, das sich über seine eigene Harmlosigkeit noch niemals geärgert hat. Selbst da der Kognak alle wurde, war er sich nicht böse.

30

Als der Kastner an der spanischen Wand den Fettfleck entdeckte, erblickte Agnes aus Harrys Auto den Starnberger See.
Die Stadt mit ihren grauen Häusern war verschwunden, als hätte sie nie in ihr gewohnt und Villen tauchten auf, rechts und links und überall, mit Rosen und großen Hunden.
Der Nachmittag war wunderbar und Agnes fuhr durch eine fremde Welt. Sie hatte die Füße hübsch artig nebeneinander und den Kopf etwas im Nacken, denn auch der Wind war wunderbar und sie schien kleiner geworden vor soviel Wunderbarem.
Harry war ein blendender Chauffeur.
Er überholte jedes Auto, jedes Pferd und jede Kuh. Er nahm die Kurven, wie sie kamen und fuhr durchschnittlich vierzig, streckenweise sogar hundert Kilo-

meter. Jedoch, betonte er, seien diese hundert Kilometer keineswegs leichtsinnig, denn er fahre ungewöhnlich sicher, er wäre ja auch bereits vier Rennen gefahren und hätte bereits viermal wegen vier Pannen keinen Preis errungen. Er könne tatsächlich von Glück reden, daß er nur mit Hautabschürfungen davongekommen ist, trotzdem er sich viermal überschlagen hätte.

Ausnahmsweise sprach Harry nicht über das Eishokkey, sondern beleuchtete Verkehrsprobleme. So erzählte er, daß für jedes Kraftfahrzeugunglück sicher irgend ein Fußgänger die Schuld trägt. So dürfe man es einem Herrenfahrer nicht verübeln, daß er, falls er solch einen Fußgänger überfahren hätte, einfach abblenden würde. So habe er einen Freund in Berlin und dieser Freund hätte mit seinem fabelhaften Lancia eine Fußgängerin überfahren, weil sie beim verbotenen Licht über die Straße gelaufen wäre. Aber trotz dieses verbotenen Lichtes sei eine Untersuchung eingeleitet worden, ja sogar zum Prozeß sei es gekommen, wahrscheinlich weil jene Fußgängerin Landgerichtsratswitwe gewesen sei, jedoch dem Staatsanwalt wäre es vorbeigelungen, daß sein Freund zur Zahlung einer Entschädigung verurteilt wird. »Es käme mir ja auf ein paar tausend Märker nicht an«, hätte der Freund gesagt, »aber ich will die Dinge prinzipiell geklärt wissen.« Sie hätten ihn freisprechen müssen, obwohl der Vorsitzende ihn noch gefragt hätte, ob ihm denn diese Fußgängerin nicht leid täte trotz des verbotenen Lichtes. »Nein«, hätte er gesagt, »prinzipiell nicht!« Er sei eben auf seinem Recht bestanden.

Jedes Mal, wenn Harry irgend einen Benzinmotor mit dem Staatsmotor zusammenstoßen sah, durchglühte ihn revolutionäre Erbitterung.
Dann haßte er diesen Staat, der die Fußgänger vor jedem Kotflügel mütterlich beschützt und die Kraftfahrer zu Staatsbürgern zweiter Klasse degradiert.
Überhaupt der deutsche Staat, meinte er, solle sich lieber kümmern, daß mehr gearbeitet wird, damit man endlich mal wieder hochkommen könne, anstatt, daß er für die Fußgänger sorgt! Fußgänger würden so und so überfahren und nun erst recht! Da hätten unsere ehemaligen Feinde schon sehr recht, wenn sie in diesen Punkten Deutschland verleumdeten! Er könne ihre Verleumdungen nur unterschreiben, denn die wären schon sehr wahr, obwohl er durchaus vaterländisch gesinnt sei.
Er kenne genau die Ansichten des Auslandes, da er mit seinem Auto jedes Frühjahr, jeden Sommer und jeden Herbst zwecks Erholung von der anstrengenden Eishockeysaison ein Stückchen Welt durchfahre. So sei er erst unlängst durch Dalmatien gefahren und in Salzburg habe er sich das alte Stück von Jedermann angesehen. Der Reinhardt wäre ja ein berühmter Regisseur und die Religion sei schon etwas sehr Mächtiges.
In Salzburg hätte er auch seinen Berliner Freund getroffen und dessen Frau, eine Ägypterin, eine enorme Schönheit mit Zuckerrohrplantagen. Sie wäre enorm reich und die Ägypter wären enorm genügsame Leute und falls ihnen etwas nicht genügen sollte, schon würden die Engländer schießen. Ohne Pardon. Die Engländer seien eben enorme Kaufleute.

Im Frühjahr habe er in Baden-Baden zwei Engländerinnen getroffen und deren Meinung sei gewesen, es wäre ein Skandal, wie der Staat die Automobilistinnen belästige. Der Staat solle doch lieber gegen den drohenden Bolschewismus energisch vorgehen, als gegen Luxusreisende. Und im Sommer habe er sich auf dem Fernpaß zwei Französinnen genähert, die hätten genau dieselben Worte gebraucht und im Herbst habe er in Ischl zwei Wienerinnen gesprochen und die hätten auch genau dieselben Worte gebraucht, obwohl es Jüdinnen gewesen seien.
Und Harry fuhr fort, der Bolschewismus sei ein Verbrechen und jeder Bolschewist ein Verbrecher. Er kenne zwar eine Ausnahme, den Sohn eines Justizrates und der wäre ein weltfremder Idealist, aber trotzdem interessiere sich dieser Weltfremde nur für elegante Damen. Dieser Idealist sehe immer enorm ausgemergelt aus und er habe ihm mal erklärt, daß, wenn eine Dame nicht elegant wäre, könne er keinen Kontakt zu ihr kriegen, und dies sei sein Konflikt. Und er habe noch hinzugefügt: »Wenn das so weitergeht, gehe ich noch an meinem Konflikt zugrunde.«
Und Harry erklärte Agnes, dieser Salonkommunist sei nämlich enorm sinnlich.

31

Sie fuhren durch Possenhofen.
Hier wurde eine Kaiserin von Österreich geboren, und drüben am anderen Ufer ertrank ein König von Bayern im See. Die beiden Majestäten waren miteinander verwandt und als junge Menschen trafen sie sich romantisch und unglücklich auf der Roseninsel zwischen Possenhofen und Schloß Berg.
Es war eine vornehme Gegend.
Vor Feldafing spielten zwei vollschlanke Jüdinnen Golf. Eine vollschlanke Majorin fing erst vor kurzem an.
»Essen tun wir in Feldafing«, entschied Harry. »In Feldafing ist ein annehmbares Publikum, seit der Golfplatz draußen ist. Ich fahr oft heraus, in der Stadt kann man ja kaum mehr essen, überall sitzt so ein Bowel.«
Und er meinte noch, früher sei er auch oft nach Tutzing gefahren, das liege sechs Kilometer südlich, aber jetzt könne kein anständiger Mensch mehr hin, nämlich dort stünde jetzt eine Fabrik und überall treffe man Arbeiter.

32

In Feldafing sitzt man wunderbar am See.
Besonders an einem Sommerabend ohne Wind. Dann ist der See still und du siehst die Alpen von Kufstein bis zur Zugspitze und kannst es oft kaum unterschei-

den, ob das noch Felsen sind oder schon Wolken. Nur die Benediktenwand beherrscht deutlich den Horizont und wirkt beruhigend.
Agnes kannte keinen einzigen Berg und Harry erklärte ihr, wie die Gipfel und Grate heißen und ob sie gefährlich zu bezwingen wären, langwierig, leicht oder überhaupt nicht. Denn Harry war auch Hochtourist, aber schon seit geraumer Zeit wollte er von der Hochtouristik nichts mehr wissen, da er es nicht mitansehen konnte, wie grauenhaft unsportlich sich neunundneunzig Prozent der Hochtouristen benehmen. Er verübelte es ihnen, daß sie sich statt einer sportlich einwandfreien Ausrüstung nur Lodenmäntel kaufen können und er verzieh es ihnen nicht, daß sie untrainiert waren, weil sie im Jahre nur vierzehn Tage Urlaub bekommen.
Diese neunundneunzig Prozent verekelten ihm Gottes herrliche Bergwelt und nun besaß er nur drei Interessensphären: das Eishockeyspielen, das Autofahren und die Liebe. Manchmal verwechselte er diese Begriffe. Dann liebte er das Eishockey, spielte mit dem Auto und fuhr mit den Frauen.
Seine Einstellung Schlittschuhen und Autozubehörteilen gegenüber kann ruhig als pedantisch bezeichnet werden. Hingegen Frauen gegenüber besaß er ein bedeutend nachsichtigeres Herz: er zog nur eine ungefähre Grenze zwischen zwanzig und vierzig Jahren und selbst innerhalb dieser Grenze war er nicht besonders wählerisch, bloß ordinär.

33

Im Seerestaurant zu Feldafing saßen außer Harry und Agnes noch elf Damen und elf Herren. Die Herren sahen Harry ähnlich, obwohl sich jeder die größte Mühe gab, anders auszusehen.

Die Damen waren durchaus gepflegt und sahen daher sehr neu aus, bewegten sich fein und sprachen dummes Zeug. Wenn eine aufs Klosett mußte, schien sie verstimmt zu sein, während ihr jeweiliger Herr aufatmend rasch mal in der Nase bohrte.

Die Speisekarte war lang und groß, aber Agnes konnte sie nicht entziffern, obwohl die Speisen keine französischen Namen hatten, sondern hochdeutsch, jedoch eben ungewöhnlich vornehme.

»Königinsuppe?« hörte sie des Kellners Stimme und ihr Magen knurrte. Der Kellner hörte ihn knurren und betrachtete voll Verachtung ihren billigen Hut, denn das Knurren kränkte ihn, da er einen schlechten Charakter hatte.

Harry bestellte zwei Wiener Schnitzel mit Gurkensalat. Bei »Wiener« fiel Agnes Eugen ein – es war sieben Uhr und sie dachte, jetzt stehe jener Österreicher wahrscheinlich nicht mehr an der Ecke der Schleißheimerstraße. Jetzt spreche jener Österreicher vielleicht gerade eine andere Münchnerin an und gehe dann mit der auf das Oberwiesenfeld und setze sich unter eine Ulme. Und Agnes freute sich auf den Gurkensalat, nämlich sie liebte jeden Salat und sagte sich: »So sind halt die Männer!«

Seit Juni 1927 hatte Agnes keinen Gurkensalat gegessen-

sen. Damals hatte sie ein Mediziner zum Abendessen im »Chinesischen Turm« eingeladen und hernach ist sie mit ihm durch den Englischen Garten gegangen. Dieser Mediziner hatte sehr gerne Vorträge gehalten und hatte ihr auseinandergesetzt, daß das Verzehren eines Gurkensalates auch nur eine organische Funktion ist, genau wie das Sitzen unter einer Ulme. Und dann hatte er ihr von einem bedauernswerten Genie erzählt, das den Unterschied zwischen der Mutter- und Dirnennatur entdeckt hatte. Aber schon kurz nach dieser Entdeckung hatte jenes bedauernswerte Genie diesen Unterschied plötzlich nicht mehr so genau erkennen können und hat sich erschossen, wahrscheinlich weil er sich mit dem Begriff Weib hatte versöhnen wollen.
Und dann hatte der Mediziner auch noch gemeint, daß er noch nicht wüßte, ob Agnes eine Mutter- oder Dirnennatur sei.

34

Die Wiener Schnitzel waren wunderbar, aber Harry ließ das seine stehen, weil es ihm zu dick war und bestellte sich russische Eier und sagte »Prost!«
Auch der Wein war wunderbar und plötzlich fragte Harry: »Wie gefall ich Ihnen?«
»Wunderbar«, lächelte Agnes und verschluckte sich, nicht weil sie immerhin übertrieben hatte, sondern weil sie eben mit einem richtigen Hunger ihren Teil verzehrte. Es schmeckte ihr derart, daß der Direktor

des Seerestaurants anfing, sie mißtrauisch zu beobachten, als hielte er es für wahrscheinlich, daß sie bald einen Löffel verschwinden läßt.

Denn die wirklich vornehmen Leute essen bekanntlich, als hätten sie es nicht nötig zu essen, als wären sie der Materie entwachsen. Als wären sie vergeistigt und sie sind doch nur satt.

»Wissen Sie«, sagte Harry plötzlich, »daß ich etwas nicht ganz verstehe: wieso kommt es, daß ich bei Frauen soviel Glück habe? Ich hab nämlich sehr viel Glück. Können Sie sich vorstellen, wieviel Frauen ich haben kann! Ich kann jede Frau haben, aber das ist nicht das richtige.«

Er blickte verträumt nach der Benediktenwand und dachte: »Wie mach ich es nur, daß ich auf sie naufkomm? Das beste ist, ich warte, bis es finster ist, dann fahr ich zurück und bieg in einen Seitenweg ein. Nach Starnberg und wenn sie nicht will, dann fliegt sie raus.«

»Es ist nicht das richtige«, fuhr er laut fort. »Die Frauen sagen, ich kann hypnotisieren. Aber ob ich die Liebe finde? Ob ich überhaupt eine Liebe finde? Ob es überhaupt eine wahre Liebe gibt? Wissen Sie, was ich unter ›Liebe‹ verstehe?«

Er verfinsterte sich noch mehr, denn plötzlich mußte er gegen eine Blähung ankämpfen. Er kniff die Lippen zusammen und sah recht unglücklich aus, während Agnes dachte: »Jetzt hat der so ein wunderbares Auto und ist nicht glücklich. Was möcht der erst sagen, wenn er zu Fuß gehen müßt?«

35

Als Agnes mit ihrem Gurkensalat und Harry mit seinen russischen Eiern fertig war, beschimpfte er den Kellner mit dem schlechten Charakter, der untertänigst davonhuschte, um das Dessert zu holen.
Es war noch immer nicht finster geworden, es dämmerte nur und also mußte Harry noch ein Viertelstündchen mit Agnes Konversation treiben.
»Sehen Sie jene Dame dort am dritten Tisch links?« fragte er. »Jene Dame hab ich auch schon mal gehabt. Sie heißt Frau Schneider und wohnt in der Mauerkircherstraße acht. Der, mit dem sie dort sitzt, ist ihr ständiger Freund, ihr Mann ist nämlich viel in Berlin, weil er dort eine Freundin hat, der er eine Siebenzimmerwohnung eingerichtet hat. Aber als er die Wohnung auf ihren Namen überschrieben hat, entdeckte er erst, daß sie verheiratet ist und daß ihr Mann sein Geschäftsfreund ist. Diese Freundin hab ich auch schon mal gehabt, weil ich im Berliner Sportpalast Eishockey gespielt hab. Sie heißt Lotte Böhmer und wohnt in der Meinickestraße vierzehn. Und dort rechts die Dame mit dem Barsoi, das ist die Schwester einer Frau, deren Mutter sich in mich verliebt hat. Eine fürchterliche Kuh ist die Alte, sie heißt Weber und wohnt in der Franz-Joseph-Straße, die Nummer hab ich vergessen. Die hat immer zu mir gesagt: ›Harry, Sie sind kein Frauenkenner, Sie sind halt noch zu jung, sonst würden Sie sich ganz anders benehmen, Sie stoßen mich ja direkt von sich, ich hab schon mit meinem Mann soviel durchzumachen gehabt, Sie sind

eben kein Psychologe.‹ Aber ich bin ein Psychologe, weil ich sie ja gerade von mir stoßen wollte. Und hinter Ihnen – schauen Sie sich nicht um! – sitzt eine große Blondine, eine auffallende Erscheinung, die hab ich auch mal von mir gestoßen, weil sie mich im Training gehindert hat. Sie heißt Else Hartmann und wohnt in der Fürstenstraße zwölf. Ihr Mann ist ein ehemaliger Artilleriehauptmann. Mit einem anderen ehemaligen Artilleriehauptmann bin ich sehr befreundet und der ist mal zu mir gekommen und hat gesagt: ›Hand aufs Herz, lieber Harry! Ist es wahr, daß du mich mit meiner Frau betrügst?‹ Ich hab gesagt: ›Hand aufs Herz! Es ist wahr!« Ich hab schon gedacht, er will sich mit mir duellieren, aber er hat nur gesagt: ›Ich danke dir, lieber Harry!‹ Und dann hat er mir auseinandergesetzt, daß ich ja nichts dafür kann, denn er weiß, daß der Mann nur der scheinbar aktive, aber eigentlich passive, während die Frau der scheinbar passive, aber eigentlich aktive Teil ist. Das war schon immer so, hat er gesagt, zu allen Zeiten und bei allen Völkern. Er ist ein großer Psychologe und schreibt jetzt einen Roman, denn er kann auch schriftstellerisch was. Er heißt Albert von Reisinger und wohnt in der Amalienstraße bei der Gabelsbergerstraße.«

»Zahlen!« rief Harry, denn nun wurde es finster und die Sterne standen droben und ditto der Mond.

Auch die Nacht war wunderbar und dann ging das Auto los.

36

Nach Starnberg, im Forstenriederpark, bog Harry in einen Seitenweg, hielt plötzlich und starrte regungslos vor sich hin, als würde er einen großen Gedanken suchen, den er verloren hat.
Agnes wußte, was nun kommen wird, trotzdem fragte sie ihn, was nun kommen würde?
Er rührte sich nicht.
Sie fragte, ob etwas los wäre?
Er antwortete nicht.
Sie fragte, ob das Auto kaputt sei?
Er starrte noch immer vor sich hin.
Sie fragte, ob vielleicht sonst etwas kaputt sei?
Er wandte sich langsam ihr zu und sagte, es wäre gar nichts kaputt, doch hätte sie schöne Beine.
Sie sagte, das sei ihr bereits bekannt.
Er sagte, das sei ihm auch bereits bekannt und das Gras wäre sehr trocken, weil es seit Wochen nicht mehr geregnet hat. Dann schwieg er wieder und auch sie sagte nichts mehr, denn sie dachte an das gestrige Gras.
Plötzlich warf er sich auf sie, drückte sie nieder, griff ihr zwischen die Schenkel und streckte seine Zunge zwischen ihre Zähne. Weil er aber einen Katarrh hatte, zog er sie wieder zurück, um sich schneuzen zu können.
Sie sagte, sie müsse spätestens um neun Uhr in der Schellingstraße sein.
Er warf sich wieder auf sie, denn er hatte sich nun ausgeschneuzt. Sie biß ihm in die Zunge und er sagte:

»Au!« Und dann fragte er, ob sie denn nicht fühle, daß er sie liebt.
»Nein«, sagte sie.
»Das ist aber traurig«, sagte er und warf sich wieder auf sie.

37

Sie wehrte sich nicht.
So nahm er sie, denn sonst hätte er sich übervorteilt gefühlt, obwohl er bereits in Feldafing bemerkt hatte, daß sie ihn niemals besonders aufregen könnte, da sie ein Typ war, den er bereits durch und durch kannte, aber er fühlte sich verpflichtet, sich ihr zu nähern, weil sie nun mal in seinem Auto gefahren ist und weil er ihr ein Wiener Schnitzel mit Gurkensalat bestellt hatte, ganz abgesehen von seiner kostbaren Zeit zwischen fünf und neuneinhalb Uhr, die er ihr gewidmet hatte.
Sie wehrte sich nicht und es war ihr klar, daß sie so tat, weil sie nun mal in seinem Auto gefahren ist und weil er ihr ein Wiener Schnitzel mit Gurkensalat bestellt hatte. Nur seine Zeit fand sie nicht so kostbar, wie er.
Er hätte sich verdoppeln dürfen und sie hätte sich nicht gewehrt, als hätte sie nie darüber nachgedacht, daß man das nicht darf. Sie hätte wohl darüber nachgedacht, doch hatte sie es einsehen müssen, daß die Welt, wenn man auch noch soviel nachdenkt, doch nur nach kaufmännischen Gesetzen regiert wird und diese Gesetze sind allgemein anerkannt, trotz ihrer Ungerechtigkeit.

Durch das Nachdenken werden sie nicht anders, das Nachdenken tut nur weh.
Sie ließ sich nehmen, ohne sich zu geben und ihre Gefühllosigkeit tat ihr wohl. Was sonst in ihrer Seele vorging, war nicht von Belang, es war nämlich nichts.
Sie sah den Harry über sich, vom Kinn bis zum Bauch, und drei Meter entfernt das Schlußlicht seines Autos und dessen Nummer: IIA 16747. Und über das alles wölbte sich der Himmel, aus dem der große weiße Engel kam und verkündete: »Vor Gott ist kein Ding unmöglich!«
Mit unendlichem Gleichmut vernahm sie die Verkündigung und genau so, wie ihr das alles bisher wunderbar schien, erschien ihr nun plötzlich alles komisch. Der Himmel, der Engel, das Auto, der Harry und besonders das karierte Muster seiner fabelhaften Krawatte, deren Ende ihr immer wieder in den Mund hing.
Es war sehr komisch und plötzlich gab ihr Harry eine gewaltige Ohrfeige, riß sich aus ihr und brüllte: »Eine Gemeinheit! Ich streng mich an und du machst nichts! Eine Gemeinheit. Ich bin da und du bist nicht da! Jetzt fahr zu Fuß, faules Luder!«
Es war sehr komisch.
Entrüstet sprang er in sein Auto und dann ging das Auto los.
Sie sah noch die Nummer: IIA 16747.
Dann war das Auto verschwunden.
Es war sehr komisch.

Agnes ging durch den Forstenriederpark.
Dem entschwundenen Schlußlicht nach.
Sie wußte weder, wo sie war, noch, wie weit sie sich von ihrer Schellingstraße befand. Sie kannte nur die ungefähre Richtung und wußte, daß sie nun nach Hause gehen muß, statt in einem wunderbaren Auto zu sitzen. Erst allmählich wurde es ihr klar, daß sie nun fünf, sechs oder sieben Stunden lang laufen muß, um ihre Schellingstraße zu erreichen.
Die Nacht war still und hinter den alten Bäumen rechts und links lag groß und schwarz der Wald.
In diesem Wald jagte einst der königlich-bayerische Hof und veranstaltete auch große Hoftreibjagden. Nämlich in diesem Walde wohnte viel Wild und all diese Hirsche, Rehe, Hühner und Schweine wurden königlich gehegt, bevor man die Schweine durch eine königliche Meute zerreißen oder die Hirsche durch Hunderte königliche Treiber in den Starnberger See treiben ließ, um sie dort vom Kahn aus königlich erschlagen zu können.
Heut ist dies alles staatlich und man treibt die Jagd humaner, weil die Treibjagden zu teuer sind.
Erst nach zehn Minuten gewöhnte sich Agnes daran, nichts mehr komisch zu finden, sondern gemein. Es war doch alles leider zu wahr und sie überzeugte sich, daß ihre Schuhe nun bald ganz zerreißen werden und dann fürchtete sie sich auch, denn im deutschen Reich wird viel gemordet und geraubt.
Zwar sei das Rauben nicht das schlimmste, überlegte

sie. Es sei doch bedeutend schlimmer, daß sie nun allein durch den Wald gehen muß, denn wie leicht könnte sie ermordet werden, zum Beispiel aus Lust, aber der Harry würde nie bestraft werden, sondern nur der Mörder.

Überhaupt seien die Richter oft eigentümlich veranlagt. So habe ihr erst vor vier Wochen das Berufsmodell Fräulein Therese Seitz aus der Schellingstraße erzählt, daß sie 1927 der Motorradfahrer Heinrich Lallinger vom Undosawellenbad in die Schellingstraß fahren wollte, aber plötzlich sei er in einen Seitenweg eingebogen, um sie dann weiter drinnen im Wald zu vergewaltigen. Sie habe gesagt, er solle sofort halten, da sie sonst abspringen würde, er habe aber nur gelächelt und die Geschwindigkeit verdoppelt, aber trotz der sechzig Kilometer sei sie abgesprungen und hätte sich den Knöchel gebrochen. Sie habe dann den Lallinger angezeigt wegen fahrlässiger Körperverletzung und Freiheitsberaubung, aber der Oberstaatsanwalt habe ihr dann später mitgeteilt, daß er das Verfahren gegen Herrn Heinrich Lallinger eingestellt habe, weil ihm kein Verschulden nachzuweisen sei, da es ja bekannt sei, daß sich junge Mädchen, die sich abends mit einem Motorrad nach Hause fahren ließen, es als selbstverständlich erachteten, daß erst zu gewissen Zwecken ein Umweg gemacht werden würde. Freiheitsberaubung liege also nicht vor und sie sei selbst daran schuld gewesen, daß sie sich den Knöchel gebrochen hat.

39

Agnes hörte Schritte.

Das waren müde schleppende Schritte und bald konnte sie einen kleinen Mann erkennen, der vor ihr herging. Sie hätte ihn fast überholt und übersehen, so dunkel war es geworden.

Auch der Mann hörte Schritte, blieb stehen und lauschte.

Auch Agnes blieb stehen.

Der Mann drehte sich langsam um und legte den Kopf bald her bald hin, als wäre er kurzsichtig.

»Guten Abend«, sagte der Mann.

»Guten Abend«, sagte Agnes.

»Habens nur keine Angst, Fräulein«, sagte der Mann. »Ich tu niemand nix. Ich wohn in München und geh nach Haus.«

»Habn wir noch weit bis München?« fragte Agnes.

»Ich komm von Kochel« sagte der Mann. »Den größten Teil hab ich hinter mir.«

»Ich komm grad von da«, sagte Agnes.

»So«, sagte der Mann und schien gar nicht darüber nachzudenken, was dies »von da« bedeuten könnte.

Sie gingen wieder weiter.

Es sah aus, als würde er hinken, aber er hinkte nicht, es sah eben nur so aus.

»Was klappert denn da?« fragte Agnes.

»Das bin ich«, sagte der Mann und sprach plötzlich hochdeutsch. »Ich hab nämlich eine sogenannte künstliche Ferse und einen hölzernen Absatz seit dem Krieg.«

40

Agnes hat es nie erfahren, daß der Mann Sebastian Krattler hieß und in der Nähe des Sendlingerberges wohnte. Er hat sich ihr weder vorgestellt, noch hat er ihr erzählt, daß er von Beruf Schuster war, daß er aber nirgends Arbeit fand und also, obwohl er bereits seit fast dreißig Jahren eingeschriebenes Mitglied der Sozialdemokratischen Partei war, auf die Walze gehen mußte, nachdem er noch vorher im Weltkrieg mit einer künstlichen Ferse ausgezeichnet worden ist.
Auch hat er es ihr verschwiegen, daß er einen Neffen im Wallgau bei Mittenwald hatte, einen großen Bauern, bei dem er irgendeine Arbeit zu finden hoffte. Aber dieser Neffe hatte für ihn wegen seiner Kriegsauszeichnung keine Arbeit, denn die Bauern sind recht verschmitzte Leute.
Aber in Tirol würden die Pfaffen eine Kirche nach der anderen bauen und die höchstgelegenste Kirche stünde am Rande der Gletscher.
Das seien lauter gottgefällige Werke, denn die Tiroler seien halt genau wie die Nichttiroler recht religiös. Oder vielleicht nur schlecht. Oder blöd.
»Daß anders wird, erleb ich nimmer«, sagte der Mann.
»Was?« fragte Agnes.
»Sie werdens vielleicht noch erleben«, sagte der Mann und meinte noch, wenn es jetzt Tag wäre, dann könnte man schon von hier aus die Frauentürme sehen.

41

Um Mitternacht erblickte Agnes eine Bank und sagte, sie wolle sich etwas setzen, weil sie kaum mehr weiter könne und ihre Schuhe wären nun auch schon ganz zerrissen. Der Mann sagte, dann setze er sich auch, die Nächte seien ja noch warm.
Sie setzten sich und auf der Banklehne stand: »Nur für Erwachsene«.
Der Mann wollte ihr gerade sagen, es wäre polizeilich verboten, daß sich Kinder auf solch eine Bank setzen oder, daß man auf solch einer Bank schläft, da schlief Agnes ein.
Der Mann schlief nicht. Nicht weil es polizeilich verboten war, sondern weil er an etwas ganz anderes dachte. Er dachte einen einfachen Gedanken. »Wenn nur ein anderer einen selbst umbringen könnt«, dachte der Mann.
Und Agnes träumte einen einfachen Traum:
Sie fuhr in einem wunderschönen Auto durch eine wunderbare Welt. Auf dieser Welt wuchs alles von allein und ständig. Sie mußte nichts bezahlen und alles hatte einen unaussprechlichen Namen, so einen richtig fremdländischen, es war alles anders als hier. »Hier ist es nämlich wirklich nicht schön«, meinte ein Herr. Dieser Herr hatte einen weißen Hut, einen weißen Frack und weiße Hosen, weiße Schuhe und weiße Augen. »Ich bin der Papst der Kellner«, sagte der Herr, »und ich hab in meiner Jugend im Forstenrieder Park die königlichsten Agnesse erlegt. Wir trieben sie in den Starnberger See hinein und gaben ihnen vom

Kahn aus gewaltige Ohrfeigen. Eigentlich heiß ich gar nicht Harry, sondern Franz.« Und Agnes ging durch den Wald, es war ein Ulmenwald und unter jeder Ulme saß ein Eugen. Es waren da viele hunderte Ulmen und Eugene und sie hatten alle die gleichen Bewegungen. »Agnes«, sprachen die Eugene, »wir haben auf dich gewartet an der Ecke der Schleißheimerstraße, aber wir hatten dort keinen Platz, wir sind nämlich zuviel. Übrigens: war der Gurkensalat wirklich so wunderbar?« Da schwebte der große weiße Engel daher und hielt eine Gurke in der Hand. »Vor Gott ist keine Gurke unmöglich«, sagte der Engel.
Der Morgenwind ging an der Bank vorbei und der Mann sagte: »Das ist der Morgenwind«.

42

Bevor die Sonne kommt, geht ein Schauer durch die Menschen. Nicht weil sie vielleicht Kinder der Nacht sind, sondern weil das Quecksilber vor Sonnenaufgang um einige Grade sinkt.
Das hat seine atmosphärischen Ursachen und physikalischen Gesetze, aber Sebastian Krattler wollte nur festgestellt wissen, daß der Morgenwind, der immer vor der Sonne einherläuft, kühl ist.
Er lief über die träumende Agnes quer durch Europa und München und natürlich auch durch die Schleißheimerstraße, an deren Ecke Eugen auf Agnes gewartet hat.

43

Eugen stand bereits um zehn Minuten vor sechs an jener Ecke und wartete bis dreiviertelsieben.

Bis sechs Uhr ging er ihr immer wieder etwas entgegen, ihre Schellingstraße hinab, aber ab Punkt sechs hielt er sich peinlich an die verabredete Ecke, denn er dachte, Agnes könne ja auch unerwartet aus irgendeiner anderen Richtung kommen und dann fände sie eine Ecke ohne Eugen.

Sie kam jedoch aus keiner Richtung und zehn Minuten nach sechs sagte er sich, Frauen seien halt unpünktlich.

Er war den ganzen Tag über wieder herumgelaufen und hatte trotzdem keine Arbeit gefunden. Er hatte bereits seinen Frack versetzen müssen und nahm sich vor, daß er sich heute auf dem Oberwiesenfeld anders benehmen wird, als gestern. Heute wolle er die Agnes nicht körperlich begehren, sondern in Ruhe lassen und bloß mit ihr sprechen. Über irgend etwas sprechen.

Er besaß noch ganze vier Mark zwanzig und es war ihm auch bekannt, daß er als österreichischer Staatsbürger auf eine reichsdeutsche Arbeitslosenunterstützung keinen rechtlichen Anspruch hat und er erinnerte sich, daß er 1915 in Wolhynien einen Kalmücken sterben sah, der genauso starb, wie ein österreichischer Staatsbürger oder ein Reichsdeutscher.

Agnes kam noch immer nicht und um den Kalmücken zu verscheuchen, rechnete er sich aus, wieviel Schillinge, Franken, Lire und Lei vier Mark zwanzig sind. Er hatte lange nichts mehr addiert und stellte nun resi-

gniert fest, daß er betreffs Kopfrechnen außer Übung ist.
Früher, während der Inflation, da hatte keiner so kopfrechnen können wie er. Überhaupt ging es ihm vorzüglich während der Geldentwertung, er hatte ja kein Geld und war der beliebteste Kellner in der Bar und auch die Bardame war in ihn verliebt. Sie hieß Kitty Lechleitner und man hätte es ihr gar nicht angesehen, daß sie Paralyse hatte, wenn sie nicht plötzlich angefangen hätte, alles was sie von sich gab, wieder aufzuessen. Sie hatte einen grandiosen Appetit und starb in Steinhof bei Wien und war doch immer herzig und freundlich, nur pünktlich konnte sie nicht sein.

44

Als Agnes den Starnberger See erblickte, befürchtete Eugen, daß ihr etwas zugestoßen ist. Nämlich er hatte einst ein Rendezvous mit einer Kassierin und während er sie erwartete, wurde sie von einem Radfahrer angefahren und zog sich eine Gehirnerschütterung zu. Er wartete ewig lange und schrieb ihr dann einen beleidigenden Brief und erst drei Wochen hernach erfuhr er, daß die Kassierin fünf Tage lang bewußtlos war und daß sie sehr weinte, als sie seinen beleidigenden Brief las, und daß sie den Radfahrer verfluchte.
»Nur nicht ungerecht sein«, dachte Eugen und zählte bis zwanzig. Nämlich wenn Agnes bis zwanzig nicht kommen sollte, dann würde er gehen. Er zählte sechs mal bis zwanzig und sie kam nicht.

Er ging aber nicht, sondern sagte sich, daß alle Weiber unzuverlässig sind und verlogen. So verlogen, daß sie gar nicht wissen könnten, wann sie lügen. Sie würden auch lügen, nur um einem etwas Angenehmes sagen zu können. So hätte doch diese Agnes gestern ausdrücklich gesagt, daß sie sich auf das Oberwiesenfeld freut. Auch Agnes sei halt eine Sklavennatur, aber dafür könnten ja die Weiber nichts, denn daran wären nur die Männer schuld, weil sie jahrtausendelang alles für die Weiber bezahlt hätten.
Daß ihn Agnes versetzt hatte, dies fiel ihm bereits um Punkt sechs ein, doch glaubte er es erst um dreiviertelsieben. »Wenn ich ein Auto hätt«, meinte er, »dann tät mich keine versetzen, vorausgesetzt, daß sie kein Auto hätt, dann müßt ich nämlich ein Flugzeug haben.«
Aber trotzdem er sich dies sagte, wußte er gar nicht, wie recht er hatte.

45

Während Harry in Feldafing den Gurkensalat bestellte, ging Eugen langsam die Schellingstraße entlang und hielt einen Augenblick vor der Auslage des Antiquariats. Er sah das »Weib vor dem Spiegel« und dachte, gestern nacht sei er noch dagestanden und jetzt gehe er daran vorbei.
Es fiel ihm nicht auf, daß das »Weib auf dem Pantherfell« aus der Auslage verschwunden ist. Nämlich am Nachmittag war ein Kriminaler zu der Tante gekommen und hat ihr mitgeteilt, daß sich ein Feinmechani-

ker aus der Schellingstraße über das »Weib auf dem Pantherfell« sittlich entrüstet hat, weil er wegen seiner achtjährigen Tochter auf einen gewissen hochwürdigen Herrn schlecht zu sprechen wäre. Und der Kriminaler hat der Tante auseinandergesetzt, daß solche Pantherfellbilder schon gar nichts mit Kunst zu tun hätten und daß er eine Antiquariatsdurchsuchung machen müßte. Und dann hat der Kriminaler einen ganzen Koffer voller »Weiber auf dem Pantherfell« beschlagnahmt und hat dabei fürchterlich getrenzt und sich ganz genau nach dem Kastner erkundigt. Er hat nämlich den Kastner verhaften wollen wegen gewerbsmäßiger Verbreitung unzüchtiger Darstellungen und einem fahrlässigen Falscheid.

Dann ist der Kriminaler gegangen. Hierauf hat die Krumbier, damit sich die Tante beruhige, eine Geschichte von einem sadistischen Kriminalen erzählt, der sich ihr genähert hatte, als sie sechzehn Jahr alt gewesen ist. Er hatte ihr imponieren wollen und hatte ihr lauter Lustmordfotografien gezeigt. »So Kriminaler werden leicht pervers«, hat die Krumbier gesagt.

Aber die Tante hat sich nicht beruhigen lassen und hat gesagt, wie die Agnes nach Hause kommt, haut sie ihr eine herunter.

46

Eugen ging auch an dem Hause vorbei, in dessen Atelier der Buddhist LMA als Untermieter malte. Das Atelier hatte er nämlich von einem anderen Untermieter gemietet, der sich aber weigerte, des Buddhisten

Untermiete dem Mieter auszuzahlen, weil er sich benachteiligt fühlte, da der Mieter bei der Abfassung des Untermietekontraktes die offizielle Miete um das Doppelte gefälscht hatte.

Der Kastner beschäftigte sich gerade wieder mit einigen Fettflecken und ahnte noch nichts von jenem Kriminalen. Heute hätte ihn jener Kriminale auch nicht besonders erregt, denn er wußte ja nicht mehr, war er noch besoffen oder schon blöd.

An der Türkenstraße hielt Eugen vor dem Fenster eines rechtschaffenen Fotografen. Da hing ein Familienbild. Das waren acht rechtschaffene Personen, sie hatten ihre Sonntagskleider an, blickten ihn hinterlistig und borniert an und alle acht waren außerordentlich häßlich.

Trotzdem dachte Eugen, es wäre doch manchmal schön, wenn man solch eine Familie haben könnte. Er würde auch so in der Mitte sitzen und hätte einen Bart und Kinder. So ohne Kinder sterbe man eben aus und das Aussterben sei doch etwas traurig, selbst wenn man als österreichischer Staatsbürger keinen rechtlichen Anspruch auf die reichsdeutsche Arbeitslosenunterstützung habe.

Und während Agnes ihren Gurkensalat aß, dachte er an sie. »Also sie hat mich versetzt, das Mistvieh«, dachte er. Aber er war dem Mistvieh nicht böse, denn dazu fühlte er sich zu einsam. Er ging nur langsam weiter, bis dorthin, wo die Schellingstraße anfängt und plötzlich wurde er einen absonderlichen Einfall nicht los und er konnte es sich gar nicht vorstellen, wieso ihm der eingefallen sei.

Es fiel ihm nämlich ein, daß ein Blinder sagt: »Sie müssen mich ansehen, wenn ich mit Ihnen spreche. Es stört mich, wenn Sie anderswohin sehen, mein Herr!«

47

Es wurde Nacht und Eugen wollte nicht nach Hause, denn er hätte nicht einschlafen können, obwohl er müde war. Er wäre am liebsten trotz seiner letzten vier Mark zwanzig in das Schelling-Kino gegangen, wenn dort der Tom Mix aufgetreten wäre, jener Wildwestmann, dem alles gelingt.
Als er den das letzte Mal sah, überholte er gerade zu Pferd einen Expreßzug, sprang aus dem Sattel auf die Lokomotive, befreite seine Braut aus dem Schlafwagen, wo sie gerade ein heuchlerischer Brigant vergewaltigen wollte, erlegte zehn weitere Briganten, schlug zwanzig Briganten in die Flucht und wurde an der nächsten Station von seinem treuen Pferde und einem Priester erwartet, der die Trauung sofort vollzog.
Eugen liebt nämlich alle Vieher, besonders die Pferde. Wegen dieser Pferdeliebe wäre er im Krieg sogar fast vor das Kriegsgericht gekommen, weil er einem kleinen Pferdchen, dem ein Splitter zwei Hufe weggerissen hatte, den Gnadenschuß gab und durch diesen Gnadenschuß seine ganze Kompanie in ein fürchterliches Kreuzfeuer brachte. Damals fiel sogar ein Generalstabsoffizier.
Im Schelling-Kino gab man keinen Tom Mix, sondern ein Gesellschaftsdrama, die Tragödie einer jungen

schönen Frau. Das war eine Millionärin, die Tochter eines Millionärs und die Gattin eines Millionärs. Beide Millionäre erfüllten ihr jeden Wunsch, jedoch trotzdem war die Millionärin sehr unglücklich. Man sah wie sie sich unglücklich stundenlang anzog, maniküren und pediküren ließ, wie sie unglücklich erster Klasse nach Indien fuhr, an der Riviera promenierte, in Baden-Baden lunchte, in Kalifornien einschlief und in Paris erwachte, wie sie unglücklich in der Opernloge saß, im Karneval tanzte und den Sekt verschmähte. Und sie wurde immer noch unglücklicher, weil sie sich einem eleganten jungen Millionärssohn, der sie dezent-sinnlich verehrte, nicht geben wollte. Es blieb ihr also nichts anderes übrig, als ins Wasser zu gehen, was sie denn auch im Ligurischen Meere tat. Man barg ihren unglücklichen Leichnam in Genua und all ihre Zofen, Lakaien und Chauffeure waren sehr unglücklich. Es war ein sehr tragischer Film und er hatte nur eine lustige Episode: die Millionärin hatte nämlich eine Hilfszofe und diese Hilfszofe zog sich mal heimlich ein großes Abendkleid ihrer Herrin an und ging mit einem der Chauffeure groß aus. Aber der Chauffeur wußte nicht genau, wie die vornehme Welt Messer und Gabel hält und die beiden wurden als Bedienstete entlarvt und aus dem vornehmen Lokal gewiesen. Der Chauffeur bekam von einem der vornehmen Gäste noch eine tüchtige Ohrfeige und die Hilfszofe wurde von der unglücklichen Millionärin fristlos entlassen. Die Hilfszofe hat sehr geweint und der Chauffeur hat auch nicht gerade ein intelligentes Gesicht geschnitten. Es war sehr lustig.

48

Es wurde immer später.
Eugen ging über den Lenbachplatz und vor den großen Hotels standen wunderbare Autos. In den Hotelgärten saßen lauter vornehme Menschen und ahnten nicht, daß sie aufreizend lächerlich wirken, sowie man mehrere ihrer Art beisammen sieht.
Auch die Kellner waren sehr vornehm und es war nicht das erste Mal, daß Eugen seinen Beruf haßte.
Er ging nun bereits seit dreiviertelsieben ununterbrochen hin und her und war voll Staub, draußen und drinnen. Er sagte sich: »Also wenn die Welt zusammenstürzt, dreißig Pfennig geb ich jetzt aus und trink ein Bier, weil ich mich auch schon gern setzen möcht.«
Die Welt stürzte nicht zusammen und Eugen betrat ein kleines Café in der Nähe des Sendlingertorplatzes. »Heute Künstlerkonzert« stand an der Türe und als Eugen sich setzte, fing ein Pianist an zu spielen, denn Eugen war der einzige Gast.
Es saß zwar noch eine Dame vor ihrer Limonade, aber die schien zum Café zu gehören und verschlang ein Magazin.
Der Pianist spielte ein rheinisches Potpourri und Eugen las in der »Sonntagspost«, daß es den Arbeitslosen zu gut geht, sie könnten sich ja sogar ein Glas Bier leisten. Und in der Witzecke sah er eine arbeitslose Familie, die in einem riesigen Fasse am Isarstrand wohnte, sich sonnte, badete – und ihrem Radio lauschte.
Die Dame mit der Limonade hatte es gar nicht gehört,

daß Eugen eintrat, so sehr war sie in ihr Magazin vertieft. Sie hätte sonst aufgehorcht, weil sie eine Prostituierte war, jedoch das Magazin war zu schön. Sie las und las:

Eine mehrwöchige Kreuzfahrt auf komfortabler Luxusjacht unter südlichem Himmel – wer hätte nicht davon geträumt? Wochen des absoluten Nichtstuns liegen vor Dir, sonnige Tage und helle Nächte, es gibt kein Telefon, keine Verabredung, keine gesellschaftlichen Verpflichtungen. Die Begriffe »Zeit«, »Arbeit«, »Geld« entschwinden am Horizont wie verdunstende Wölkchen. Einladende Liegestühle stehen unter dem Sonnendeck, kühle Klubsessel erwarten Dich im Rauchzimmer, Radio und Bibliothek sind zur Hand, über Deine Sicherheit beruhigen sich dreißig tüchtige Matrosen, für Dein leibliches Wohl sorgt ein erstklassiger Barmixer. Nach dem Essen wird das Grammophon aufgezogen, oder eine der Damen spielt Klavier. Du tanzt mit Phyllis oder Dorthy, oder Du spielst ein bißchen Whist, um Dich bei den älteren Damen beliebt zu machen, im Spielzimmer hast Du Gelegenheit beim Poker oder Bakkarat zu verlieren. Oder aber Du lehnst mit einem blonden »Flapper« an der Reeling und führst Mondscheingespräche, während der Papa in einem wunderbar komfortablen Deckstuhl liegt und den Rauch seiner Henry Clay zu den Sternen hinaufbläst, gedankenvoll die nächste Transaktion überlegend. – Nichts in der Welt gibt in diesem Maße das Gefühl dem Alltag entrückt zu sein.

49

Eugen trank apathisch sein Bier und blätterte apathisch in der Zeitung. »Der Redner sprach formvollendet«, stand in der Zeitung, »Man war froh, wieder mal den Materialismus überwunden zu haben« – da fühlte Eugen, daß ihn ein Mensch anstarrt.
Der Mensch war die Prostituierte.
Sie hatte ihr Magazin ausgelesen und Eugen entdeckt.
»Guten Abend, Herr Reithofer!« sagte die Prostituierte. »Haben Sie mich denn vergessen? Ich bin doch – na Sie wissen doch, wer ich bin, Herr Reithofer!«
Er wußte es nicht, aber da sie ihn kannte, mußte er sie ja auch kennen. Sie setzte sich an seinen Tisch und sagte, das sei Zufall, daß sie sich hier getroffen haben, und über so einen Zufall könnte man einen ganzen Roman schreiben. Einen Roman mit lauter Fortsetzungen.
Sie las nämlich leidenschaftlich gern.
Sie hieß Margarethe Swoboda und war ein außereheliches Kind. Als sie geboren wurde, wäre sie fast gleich wieder gestorben.
Erdreistet man sich Gottes Tun nach den Gesetzen der Logik begreifen zu wollen, so wird man sich überzeugen müssen, daß damals Gott der Allgütige den Säugling Margarethe Swoboda ganz besonders geliebt haben mußte, denn er wollte ihn ja zu sich nehmen. Aber die geschickte Hebamme Frau Wohlmut aus Wiener-Neustadt schlug scharf über die göttlichen Finger, die Margarethchen erwürgen wollten. »Au!« zischte der liebe Gott und zog seine Krallen hurtig zurück, wäh-

rend die gottlose Hebamme meinte: »So Gott will, kommt das Wurm durch!«
Und Gott der Gerechte wurde ganz sentimental und seufzte: »Mein Gott, sind die Leut dumm! Als ob man es in einem bürgerlichen Zeitalter als außereheliches Kind gar so angenehm hätt! Na servus!«

50

Ursprünglich war Margarethe Swoboda, genau wie des Kastners Mutter, Verkäuferin in einer Konditorei. In jener Konditorei verkehrten Gymnasiasten, Realschüler, Realgymnasiasten und höhere Töchter aus beschränkten Bürgerfamilien und böse alte Weiber, die Margarethe Swoboda gehässig hin und her hetzten, schikanierten und beschimpften, weil sie noch jung war.
Ein Gymnasiast, der Sohn eines sparsamen Regierungsrates, verliebte sich in sie und kaufte sich jeden Nachmittag um vier Uhr für fünf Pfennig Schokolade, nur um ihren Bewegungen schüchtern folgen zu können. Dann schrieb er mal während der Geographiestunde auf dem Rande der Karte des malayischen Archipels, was er alles mit ihr tun würde, falls er den Mut fände, ihr seine Liebe zu erklären. Hierbei wurde er von einem Studienrat ertappt, der Atlas wurde beschlagnahmt und nach genauer Prüfung durch ein Kollegium von Steißpaukern unter dem Vorsitz eines klerikalen Narren für unsittlich erklärt. Er flog aus der Schule und ist auf Befehl seines Vaters, eines bürokra-

tischen Haustyrannen, in einer Besserungsanstalt verkommen.

Einmal ging er dort durch, knapp vor Weihnachten, aber der Polizeihund Cäsar von der Schmittenhöhe stellte ihn auf einem verschneiten Kartoffelacker und dann mußte er beichten und kommunizieren und dann verbleuten ihn drei Aufseher mit Lederriemen und ein blonder Katechet mit Stiftekopf und frauenhaften Händen riß ihm fast die Ohren aus.

Margarethe Swoboda hörte davon und obzwar sie doch nichts dafür konnte, da sie ja seine Leidenschaft nie erkannt hatte, weil sie erst siebzehn Jahre alt und überhaupt geschlechtlich unterentwickelt war, fühlte sie sich dennoch schuldbewußt, als hätte sie zumindest jenen Cäsar von der Schmittenhöhe dressiert. Sie wollte fort.

Raus aus der Konditorei.

Sie sagte sich: »Ach, gäbs nur keine Schokolade, gäbs nur keine Gymnasiasten, es gibt halt keine Gerechtigkeit!« Und sie kaufte sich das Buch »Stenographie durch Selbstunterricht«. Nachts, nach ihrer täglichen vierzehnstündigen Arbeitszeit, erlernte sie heimlich Gabelsbergers System. Dann bot sie sich in der meistgelesensten Zeitung Österreichs als Privatsekretärin an. Nach drei Tagen kam folgender Brief:

> Wertes Fräulein!
>
> Teilen Sie mir Näheres über Ihren Busen und über Ihre sonstigen Formen mit. Wenn Sie einen schönen und vor allem festen Busen haben, kann ich Ihnen sofort höchst angenehme Stellen zu durchweg distinguierten Herren vermitteln. Auch möchte ich

wissen, ob Sie einen Scherz verstehen und entsprechend zu erwidern im Stande sind.

Hochachtungsvoll!

Die Unterschrift war unleserlich und darunter stand: Vermittlerin mit prima Referenzen. Briefe wolle man unter Chiffre 8472 adressieren. Diskretion Ehrensache.

Diese »Diskretion Ehrensache« ist ein Sinnspruch im Wappen der Prostitution.

Seit es Götter und Menschen, Kaiser und Knechte, Herren und Hörige, Beichtväter und Beichtkinder, Adelige und Bürger, Aufsichtsräte und Arbeiter, Abteilungschefs und Verkäuferinnen, Familienväter und Dienstmädchen, Generaldirektoren und Privatsekretärinnen – kurz: Herrscher und Beherrschte gibt, seit der Zeit gilt der Satz: »Im Anfang war die Prostitution!«

Und seit jener Zeit, da die Herrschenden erkannt hatten, daß es sich maskiert mit dem Idealismus eines gewissen Gekreuzigten, bedeutend erhebender, edler und belustigender rauben, morden und betrügen ließ – seit also jener Gekreuzigte gepredigt hatte, daß auch das Weib eine dem Mann ebenbürtige Seele habe, seit dieser Zeit wird allgemein herumgetuschelt: »Diskretion Ehrensache!«

Wer wagt es also die heute herrschende Bourgeoisie anzuklagen, daß sie nicht nur die Arbeit, sondern auch das Verhältnis zwischen Mann und Weib der bemäntelnden Lügen und des erhabenen Selbstbetruges entblößt, indem sie schlicht die Frage stellt: »Na, was kostet schon die Liebe?«

Kann man ihr einen Vorwurf machen, weil sie dies im Bewußtsein ihrer wirtschaftlichen Macht der billigeren Buchführung wegen tut? Nein, das kann man nicht.
Die Bourgeoisie ist nämlich überaus ehrlich.
Sie spricht ihre Erkenntnis offen aus, daß die wahre Liebe zwischen Ausbeutern und Ausgebeuteten Prostitution ist. Daß die Ausgebeuteten unter sich auch ohne Prostitution lieben könnten, das bezweifelt die Bourgeoisie nicht, denn sie hält die Ausgebeuteten für noch dümmer, da sie sich ja sonst nicht ausbeuten ließen.
Die Bourgeoisie ist nämlich überaus intelligent.
Sie hat auch erkannt, daß es selbst unter Ausbeutern nur Ausbeutung gibt. Nämlich, daß die ganze Liebe nur eine Frage der kaufmännischen Intelligenz ist.
Kann man also die Bourgeoisie anklagen, weil sie alles auf den Besitzstandpunkt zurückführt?
Nein, das kann man nicht.
Und so bildete auch die Chiffre 8472 nur ein winziges Steinchen des Kolossalmosaiks in der Kuppel des kapitalistischen Venustempels.
Auch Margarethe Swoboda vernahm in jener Konditorei die Stimme: »Du wirst ihnen nicht entrinnen!«
»Wieso?« fragte Margarethe Swoboda, ließ den Brief fallen und lallte geistesabwesend vor sich hin: »Nein, das gibt es doch nicht, nein, das kann es doch nicht geben –« und die Stimme schloß schadenfroh: »Vielleicht, wenn du Glück hast! Wenn du Glück hast!«

51

Margarethe Swoboda hatte kein Glück. Zwar stand in ihrem Horoskop, daß sie eine glückliche Hand hat, nämlich was sie auch in die Hand nähme, würde gewissermaßen zu Gold. Nur vor dem April müsse sie sich hüten, das wäre ihr Unglücksmonat und was sie im April auch beginnen möge, das gelänge alles vorbei.

»Da dürft ich halt überhaupt nicht leben«, meinte Margarethe Swoboda, denn sie hatte im April Geburtstag.

Dies Horoskop stellte ihr die Klosettfrau des Lokals und behauptete, daß sie das Weltall genau kennt bis jenseits der Fixsterne. So hätte sie auch ihrem armen Pintscher Pepperl das Horoskop gestellt und in diesem Horoskop wäre gestanden, daß der arme Pepperl eines fürchterlichen Todes sterben wird. Und das traf ein, denn der arme Pepperl wurde von einem Bahnwärter aufgefressen, nachdem er von einem D-Zug überfahren worden war.

Die Klosettfrau hieß Regina Warzmeier und war bei allen Gästen sehr beliebt. Sie wußte immer Rat und Hilfe und alle nannten die liebe Frau »Großmama«.

Die Großmama muß mal sehr hübsch gewesen sein, denn es war allen Gästen bekannt, daß sich, als sie noch ein junges Ding war, ein polnischer Graf mit ihr eingelassen hatte. Dies ist ein österreichisch-ungarischer Gesandtschaftsattaché gewesen, ein routinierter Erotomane und zynisches Faultier, der sich mal zufällig auf der Reise nach seinen galizischen Gütern in München aufgehalten hatte.

52

Damals war Bayern noch Königreich und damals gab es auch noch ein Österreich-Ungarn.
Das war um 1880 herum, da hat er fast nur mit ihr getanzt, auf so einer richtigen Redoute mit Korsett und Dekolleté und der Attaché ist mit der Großmama am nächsten Mittag in einer hohen standesgemäßen Kutsche in das Isartal gefahren, dort sind sie dann zu zweien am lauschigen Ufer entlang promeniert. Sie haben von den blauen Bergen gesprochen und von dem, was dahinterliegt. Er hat vom sonnigen Süden erzählt, vom Vesuv und von Sizilien, von römischen Ruinen und den Wellen der Adria. Er hat ihr einen Ring aus Venedig geschenkt, ein Schlänglein mit falschen Rubinaugen und der Inschrift »Memento!« Und dann hat sie sich ihm gegeben auf einer Lichtung bei Höllriegelskreuth und er hat sie sich genommen.
Es war natürlich Nacht, so eine richtige kleinbürgerlich-romantische Nacht und Vormärz. Über die nahen Alpen wehte der Frühlingswind und abends hing der Mond über schwarzen Teichen und dem Wald.
Nach zwei Wochen blieb bei der Großmama das aus, das sie mit dreizehn Jahren derart erschreckt hatte, daß sie wimmernd zu ihrer älteren Freundin Helene gerannt war, denn sie hatte gefürchtet, nun werde sie verbluten müssen. Aber Helene hatte sie umarmt, geküßt und gesagt: »Im Gegenteil, nun bist du ein Fräulein.«
Nun aber wußte sie, daß sie bald Mutter sein wird. Sie dachte, wenn sie nur wahnsinnig werden könnte, und

wollte aus dem Fenster springen. Sie biß sich alle Fingernägel ab und schrieb drei Abschiedsbriefe, einen an ihren Vater und zwei an den polnischen Geliebten.

Ihr Vater war ein langsamer melancholischer Färbermeister, der unter dem Pantoffel seiner lauten herrschsüchtigen Gattin stand und alle maschinellen Neuerungen haßte, weil er weder Kapital noch Schlagfertigkeit besaß, immerhin aber genug Beobachtungsgabe, um erkennen zu können, wie er von Monat zu Monat konkurrenzunfähiger wird.

Diesem schrieb die Großmama: »Mein Vater! Verzeih Deiner unsagbar gefallenen Tochter Regina.« Und dem Attaché schrieb sie: »Warum laßt Du mich nach einem Worte von Dir verschmachten? Bist Du denn ein Schuft?«

Diesen Brief zerriß sie und begann den zweiten: »Nimmer wirst Du mich sehen, bete für meine sündige Seele. Bald blühen Blümlein auf einem frischen armen Grabe und die verlassene Nachtigall aus dem Isartal singt von einem zerbrochenen Glück –«

Und sie beschrieb ihr eigenes Begräbnis. Sie erlebte ihre eigene Himmelfahrt. Sie sah sich selbst im Schattenreich und tat sich selbst herzlich leid. Ein heroischer Engel beugte sich über sie und sprach: »Weißt du, was das ist, ein österreichisch-ungarischer Attaché? Nein, das weißt du nicht, was das ist, ein österreichisch-ungarischer Attaché. Ein österreichisch-ungarischer Attaché verläßt keine werdende Mutter nicht, überhaupt als polnischer Graf, du kleingläubiges Geschöpf! Schließ das Fenster, es zieht!«

Sie schloß es und glaubt wieder an das verlogene Märchen vom Prinzen und dem spießbürgerlichen Bettelkind. Dabei wurde sie immer bleicher, hatte selten Appetit und erbrach sich oft heimlich.
An den lieben Gott hatte sie nie so recht geglaubt, nämlich sie konnte ihn sich nicht so recht vorstellen, hingegen um so inniger an den heiligen Antonius von Padua. Und sie betete zu dem himmlischen Jüngling mit der weißen Lilie um einen baldigen Brief von ihrem irdischen Grafen.
Natürlich kam keiner, denn freilich war auch auf jener Redoute nicht alles so, wie es die Großmama gerne sah. Sie ist keineswegs vor allen anderen Holden dem österreich-ungarischen Halunken aufgefallen, sondern dieser hat sich zuerst an eine Bacchantin gerieben, aber nachdem deren Kavalier etwas von Watschen sprach, war seine Begeisterung merklich abgekühlt. Aus der ersten Verlegenheit heraus tanzte er mit der Großmama, die als Mexikanerin maskiert war, und besoff sich aus Wut über den gemeinen Mann, der leider riesige Pratzen hatte. In seinem Rausche fand er die Großmama ganz poussierlich und versprach ihr den Ausflug in das Isartal. Am nächsten Tage fand er sie allerdings vernichtend langweilig, und nur um nicht umsonst in das Isartal gefahren zu sein, nahm er sie. Hierbei mußte er an eine langbeinige Kokette denken, um den physischen Kontakt mit der kurzbeinigen Großmama herstellen zu können.
Als dann im Spätherbst die Großmama an einem Sonntagvormittag auf der Treppe zusammenbrach und eine Tochter gebar, da verstießen sie ihre Eltern

natürlich nach Sitte und Recht. Die Mutter gab ihr noch zwei Ohrfeigen und der Vater schluchzte, er verstehe das ganze Schicksal überhaupt nicht, was er denn wohl nur verbrochen habe, daß gerade seine Tochter unverheiratet geschwängert worden ist.
Selbst die Stammgäste hatten es nie erfahren, was aus Großmamas Töchterlein geworden ist. Die Großmama schwieg und man munkelte allerlei.
Sie hätte einen rechtschaffenen Hausbesitzer geheiratet oder sie sei eine Liliputanerin vom Oktoberfest, munkelten die einen und die anderen munkelten, sie sei von ihren Pflegeeltern als dreijähriges Kind so geprügelt worden, daß sie erblindet ist und die Pflegemutter ein Jahr Gefängnis bekommen hat, während der Pflegevater freigesprochen worden sei, weil er ja nur zugeschaut hätte. Und wieder andere munkelten, sie wäre bloß eine einfache Prostituierte in Hamburg, genau wie die Margarethe Swoboda in München.
»Sie erlauben doch, daß ich mich zu Ihnen setz«, sagte Margarethe Swoboda zu Eugen. »Das freut mich aber sehr, daß ich Sie wieder mal seh, Herr Reithofer! Seit wann sind Sie denn in München? Ich bin schon seit Mai da, aber ich fahr bald fort, ich hab nämlich gehört, in Köln soll es für mich besser sein. Dort ist doch heuer die Pressa, das ist eine große Journalistenausstellung, hier diese Heim- und Technikausstellung war für mich nichts besonderes.«
Eugen wußte noch immer nicht, daß sie Margarethe Swoboda heißt und er konnte sich nicht erinnern, woher sie ihn kennen könnte. Sie schien ihn nämlich genau zu kennen und Eugen wollte sie nicht fragen,

woher er sie kenne, denn sie freute sich sehr ihn wiederzusehen und erinnerte sich gerne an ihn.

»Nicht jede Ausstellung ist gut für mich«, meinte Margarethe Swoboda. »So hab ich bei der Gesoleiausstellung in Düsseldorf gleich vier Tage lang nichts für mich gehabt. Ich war schon ganz daneben und hab in meinem Ärger einen Ausstellungsaufseher angesprochen, einen sehr höflichen Mann aus Krefeld und hab ihm gesagt, es geht mir schon recht schlecht bei eurer Gesoleiausstellung und der Krefelder hat gesagt, das glaubt er gern, daß ich kein Geschäft mach, wenn ich vor seinem Pavillon die Kavaliere anspreche. Da hab ich erst gemerkt, daß ich vier Tag lang in der Gesundheitsabteilung gestanden bin, direkt vor dem Geschlechtskrankheitenpavillon und da hab ichs freilich verstanden, daß ich vier Tag lang nichts verdient hab, denn wie ich aus dem Pavillon herausgekommen bin, hat es mich vor mir selbst gegraust. Ich hätt am liebsten geheult, solche Ausstellungen haben doch gar kein Sinn! Für mich sind Gemäldeausstellungen gut, überhaupt künstlerische Veranstaltungen, Automobilausstellungen sind auch nicht schlecht, aber am besten sind für mich die landwirtschaftlichen Ausstellungen.«

Und dann sprach sie noch über die gelungene Grundsteinlegung zum Deutschen Museum in Anwesenheit des Reichspräsidenten von Hindenburg, über eine große vaterländische Heimatkundgebung in Nürnberg und über den Katholikentag in Breslau und Eugen dachte: »Vielleicht verwechselt sie mich, es heißen ja auch andere Leut Reithofer und vielleicht sieht mir so ein anderer Reithofer zum verwechseln ähnlich.«

So wurde es immer später und plötzlich bemerkte Eugen, daß Margarethe Swoboda schielt. Zwar nur etwas, aber es fiel ihm trotzdem ein Kollege ein, mit dem er vor dem Krieg in Preßburg im Restaurant Klein gearbeitet hatte. Das ist ein freundlicher Mensch gewesen, ein großes Kind. Knapp vor dem Weltkrieg hatte dieser Kollege geheiratet und zu Eugen gesagt: »Glaub es mir, lieber Reithofer, meine Frau schielt, zwar nur etwas, aber sie hat ein gutes Herz.« Dann ist er in Montenegro gefallen. Er hieß Karl Swoboda.
»Als mein Mann in Montenegro fiel«, sagte Margarethe Swoboda, »da hab ich viel an Sie gedacht, Herr Reithofer. Ich hab mir gedacht, ist er jetzt vielleicht auch gefallen, der arme Reithofer? Ich freu mich nur, daß Sie nicht gefallen sind. Erinnern Sie sich noch an meine Krapfen, Herr Reithofer?«
Jetzt erinnerte sich Eugen auch an ihre Krapfen. Nämlich er hatte mal den Karl Swoboda zum Pferderennen abgeholt und da hatte ihm jener seine Frau vorgestellt und er hatte ihre selbstgebackenen Krapfen gelobt. Er sah es noch jetzt, daß die beiden Betten nicht zueinander paßten, denn das eine war weiß und das andere braun – und nach dem Pferderennen ist der Karl Swoboda sehr melancholisch gewesen, weil er für fünf Gulden verspielt hatte, und hatte traurig zu Eugen gesagt: »Glaub es mir, lieber Reithofer, wenn ich sie nicht geheiratet hätt, wär sie noch ganz verkommen, auf Ehr und Seligkeit!«
»Sie haben meine Krapfen sehr gelobt, Herr Reithofer«, sagte Karl Swobodas Witwe.

Als Eugen an die beiden Betten in Preßburg dachte, die nicht zueinander paßten, näherte sich ihm die Großmama.

Wenn Großmama nichts zu tun hatte, stand sie am Buffet und beobachtete die Menschen. So hatte sie auch bemerkt, daß das »Gretchen« mit Eugen sympathisierte, weil sie sich gar nicht so benahm, wie sie sich Herren gegenüber benehmen mußte. Sie sprach ja mit Eugen, wie mit ihrem großen Bruder und solch große Brüder schätzte die Großmama und setzte sich also an Eugens Tisch.

Das Gretchen erzählte gerade, daß im Weltkrieg viele junge Männer gefallen sind und daß nach dem Weltkrieg sie selbst jeden Halt verloren hat, worauf die Großmama meinte, für Offiziere sei es schon sehr arg, wenn ein Krieg verloren geht. So hätten sich nach dem Krieg viele Offiziere total versoffen, besonders in Augsburg. Dort hätte sie mal in einer großen Herrentoilette gedient und da hätte ein Kolonialoffizier verkehrt, der alle seine exotischen Geweihe für ein Faß Bier verkauft hätte. Und ein Fliegeroffizier hätte gleich einen ganzen Propeller für ein halbes Dutzend Eierkognaks eingetauscht und dieser Fliegeroffizier sei so versoffen gewesen, daß er statt mit »Guten Tag!« mit »Prost!« gegrüßt hat.

Eugen meinte, der Weltkrieg habe freilich keine guten Früchte getragen und für Offiziere wäre es freilich besser, wenn ein Krieg gewonnen würde, aber obwohl er kein Offizier sei, wäre es für ihn auch schon sehr

arg, wenn ein Krieg verloren würde, obwohl er natürlich überzeugt sei, daß wenn wir den Weltkrieg gewonnen hätten, daß er auch dann unter derselben allgemeinen wirtschaftlichen Depression zu leiden hätte. So sei er jetzt schon wieder mal seit zwei Monaten arbeitslos und es bestünde schon nicht die geringste Aussicht, daß es besser werden wird.
Hier mischte sich der Pianist ins Gespräch, der sich auch an den Tisch gesetzt hatte, weil er sehr neugierig war. Er meinte, wenn Eugen kein Mann, sondern eine Frau und kein Kellner, sondern eine Schneiderin wäre, so hätte er für diese Schneiderin sofort eine Stelle. Er kenne nämlich einen großen Schneidergeschäftsinhaber in Ulm an der Donau und das wäre ein Vorkriegskommerzienrat, aber Eugen dürfte halt auch keine Österreicherin sein, denn der Kommerzienrat sei selbst Österreicher und deshalb engagiere er nur sehr ungern Österreicher. Aber ihm zu Liebe würde dieser Kommerzienrat vielleicht auch eine Österreicherin engagieren, denn er habe nämlich eine gewisse Macht über den Kommerzienrat, da seine Tochter auch Schneiderin gewesen wäre, jedoch hätte sie vor fünf Jahren ein Kind von jenem Kommerzienrat bekommen und von diesem Kind dürfe die Frau Kommerzienrat natürlich nichts wissen. Die Tochter wohne sehr nett in Neu-Ulm, um sich ganz der Erziehung ihres Kindes widmen zu können, da der Kommerzienrat ein selten anständiger Österreicher sei. Er spreche perfekt deutsch, englisch, französisch, italienisch und rumänisch. Auch etwas slowakisch, tschechisch, serbisch, kroatisch und verstehe ungarisch und türkisch.

Aber türkisch könne jener Kommerzienrat weder lesen noch schreiben.
Der Pianist war sehr geschwätzig und wiederholte sich gerne. So debattierte er jeden Tag mit der Großmama und kannte keine Grenzen. Er erzählte ihr, daß seinerzeit jener Höhlenmensch, der als erster den ersten Ochsen an die Höhlenwand gezeichnet hatte, von allen anderen Menschen als großer Zauberer angebetet worden ist und so müßte auch heute noch jeder Künstler angebetet werden, auch die Pianisten. Dann stritt er sich mit der Großmama, ob die Fünfpfennigmarke Schiller oder Goethe heißt, worauf die Großmama jeden Tag erwiderte, auf alle Fälle sei die Vierzigpfennigmarke jener große Philosoph, der die Vernunft schlecht kritisiert hätte und die Fünfzigpfennigmarke sei ein Genie, das die Menschheit erhabenen Zielen zuführen wollte und sie könne es sich schon gar nicht vorstellen, wie so etwas angefangen würde, worauf der Pianist meinte, aller Anfang sei schwer und er fügte noch hinzu, daß die Dreißigpfennigmarke das Zeitalter des Individualbewußtseins eingeführt hätte. Dann schwieg die Großmama und dachte, der Pianist sollte doch lieber einen schönen alten Walzer spielen.

55

Als der Pianist sagte, daß er für Eugen sofort eine Stelle hätte, wenn – da dachte Eugen an Agnes. Er sagte sich, das wäre ja eine Stelle für das Mistvieh, das er gestern in der Thalkirchnerstraße angesprochen und das ihn heute in der Schleißheimerstraße versetzt habe. Gestern hätte sie ihm ja erzählt, daß sie Schneiderin wäre und bereits seit fünf Monaten keine Stelle finden könnte. Heute könnte er ihr ja sofort eine Stelle verschaffen, es würde ihm vielleicht nur ein Wort kosten, als wäre er der Kaiser von China, den es zwar auch bereits nicht mehr geben würde.

Gestern auf dem Oberwiesenfeld hätte er es nicht geglaubt, daß er heute versetzt wird. »Sie ist halt ein Mistvieh«, sagte er sich und fügte hinzu: »Wahrscheinlich ist auch der Pianist ein Mistvieh!«

Und Eugen warf mit den Mistviehern nur so um sich, alles und jedes wurde zum Mistvieh, die Swoboda, die Großmama, der Tisch, der Hut, das Bier und das Bierglas – wie das eben so manchmal geschieht.

»Aber es ist doch schön von dem Pianistenmistvieh, daß er mir helfen möcht«, fiel es ihm plötzlich auf. »Er weiß doch gar nicht, ob ich am End nicht auch ein Mistvieh bin. Ich bin doch auch eins, ich hab ja auch schon Mistvieher versetzt.«

»Überhaupt sollten sich die Mistvieher mehr helfen«, dachte er weiter. »Wenn sich alle Mistvieher helfen täten, ging es jedem Mistvieh besser. Es ist doch direkt unanständig, wenn man einem Mistvieh nicht helfen tät, obwohl man könnt, bloß weil es ein Mistvieh ist.«

Und dann fiel es ihm auch noch auf, daß es sozusagen ein angenehmes Gefühl ist, wenn man sich gewissermaßen selbst bestätigen kann, daß man einem Mistvieh geholfen hat. Ungefähr so:

Zeugnis.

Ich bestätige gerne, daß das Mistvieh Eugen Reithofer ein hilfsbereites Mistvieh ist. Es ist ein liebes gutes braves Mistvieh.

Eugen Reithofer

Mistvieh.

56

»Sagen Sie, Herr Pianist«, wandte sich Eugen an das hilfsbereite Mistvieh, »ich kann ja jetzt leider nicht weiblich werden, aber ich weiß ein Mädel für Ihren Kommerzienrat in Ulm. Sie ist eine vorzügliche Schneiderin und Sie täten mir persönlich einen sehr großen Gefallen, Herr Pianist«, betonte er und das war natürlich gelogen.

Der Pianist sagte, das wäre gar nicht der Rede wert, denn das kostete ihm nur einen Telefonanruf, da sich jener Kommerzienrat zufällig seit gestern in München befände und er könne ihn sofort im Hotel Deutscher Kaiser anrufen – und schon eilte der hilfsbereite Pianist ans Telefon.

»Also das ist ein rührendes Mistvieh«, dachte Eugen und Margarethe Swoboda sagte: »Das ist ein seltener Mensch und ein noch seltenerer Künstler.« Und die Großmama sagte: »Er lügt.«

Aber ausnahmsweise täuschte sich die Großmama, denn nach wenigen Minuten erschien der Pianist, als hätte er den Weltkrieg gewonnen.

Der Kommerzienrat war keine Lüge und seine wunderbaren Beziehungen waren nur insofern übertrieben, daß es nicht stimmte, daß sich seine Tochter in

Neu-Ulm lediglich der Erziehung ihres kommerzienrätlichen Kindes widmen kann, sondern sie mußte als Schneiderin weiterarbeiten und erhielt nur ein kleines kommerzienrätliches Taschengeld.

Der Pianist konnte sich vor lauter Siegesrausch nicht sofort wieder setzen, er ging also um den Tisch herum und setzte Eugen auseinander, Agnes könne die Stelle sofort antreten, jedoch müßte sie morgen früh Punkt sieben Uhr dreißig im Hotel Deutscher Kaiser sein. Dort solle sie nur nach dem Herrn Kommerzienrat aus Ulm fragen und der nimmt sie dann gleich mit, er fährt nämlich um acht Uhr wieder nach Ulm.

Eugen fragte ihn, wie er ihm danken sollte, aber der Pianist lächelte nur: vielleicht würde mal Eugen ihm eine Stelle verschaffen, wenn er kein Pianist wäre, sondern eine Schneiderin.

Eugen wollte wenigstens das Telefongespräch bezahlen, aber selbst dies ließ er nicht zu. »Man telefoniert doch gern mal für einen Menschen«, sagte er.

Selbst die Großmama war gerührt, aber am meisten war es der brave Pianist.

57

So kam es, daß am nächsten Morgen Eugen bereits um sechs Uhr durch die Schellingstraße ging, damit er sich mit seiner Hilfe nicht verspätet, auf daß er sich ein gutes Zeugnis ausstellen kann.

Er wollte gerade bei der Tante im vierten Stock läuten, da sah er Agnes über die Schellingstraße gehen. Sie

kam von ihrer Bank für Erwachsene und war zerknüllt und elend und Eugen dachte: »Schau, schau, bis heut morgen hat mich das Mistvieh versetzt!«
Die Sonne schien in der Schellingstraße und der Morgenwind überschritt bereits den Ural, als Agnes über Eugen erschrak. Doch er fragte sie nicht, woher sie komme, was sie getan und warum sie ihr Wort gebrochen und ihn versetzt hätte, sondern er teilte ihr lediglich mit, daß er für sie eine Stelle fand, daß sie schon heute früh zu einem richtigen Kommerzienrat gehen muß, der sie dann noch heute früh nach Ulm an der Donau mitnehmen würde.
Sie starrte ihn an und sagte, er solle sich doch eine andere Agnes aussuchen für seine blöden Witze und sie bitte sich diese Frozzelei aus und überhaupt diesen ganzen Hohn – aber er lächelte nur, denn das Mistvieh tat ihm plötzlich leid, weil es ihm den Kommerzienrat nicht glauben konnte.
Das Mistvieh murmelte noch etwas von Roheit und dann weinte es. Er solle es doch in Ruhe und Frieden lassen, weinte das Mistvieh, es sei ja ganz kaputt und auch die Schuhe seien nun ganz kaputt.
Eugen schwieg und plötzlich sagte das Mistvieh, das könne es ja gar nicht geben, daß ihr ein Mensch eine Stelle verschafft, nachdem sie den Menschen versetzt hatte.
Dann schwieg auch das Mistvieh.
Und dann sagte es: »Ich hätt wirklich nicht gedacht, daß Sie extra wegen mir herkommen, Herr Reithofer.«
»Wissens, Fräulein Pollinger«, meinte der Herr Reithofer, »es gibt nämlich etwas auch ohne das Verliebt-

sein, aber man hat es noch nicht ganz heraus, was das eigentlich ist. Ich hab halt von einer Stelle gehört und bin jetzt da. Es ist nur gut, wenn man weiß, wo ein Mensch wohnt.«

58

Und jetzt ist die ganze Geschichte aus.

Nachwort

Sechsunddreißig Stunden aus dem Leben der Agnes Pollinger. Eine Erzählung, als »Roman« bezeichnet, knapp 140 Buchseiten schmal. Anekdoten, Geschichten und Geschichte. Geschichte in Spiegelungen. Die erste größere Prosarbeit des 27jährigen Schriftstellers Ödön von Horváth.
Für den Münchner Komponisten Siegfried Kallenberg hatte Horváth 1921 eine »Pantomime« geschrieben, hatte im »Simplicissimus« und in ein paar Tageszeitungen »Sportmärchen« veröffentlicht, und einige Theaterstücke lagen vor, eines davon war bis dahin aufgeführt worden – »Revolte auf Côte 3018«, ein Volksstück um den Bau der Zugspitzbahn.

»Die ganze Geschichte spielt in München«, lautet der erste Satz. Und später heißt es: »Das war Ende August 1928.« Als die arbeitslose Agnes Pollinger den stellungslosen österreichischen Kellner Eugen Reithofer vor dem Arbeitsamt an der Thalkirchnerstraße 54 kennenlernt.
Agnes ist neunzehn Jahre alt, Eugen Anfang Dreißig.
Es ist Dienstag, sechs Uhr abends.
Dienstag, der 28. August 1928.
Am 27. August war in Paris der Kellogg-Pakt unterzeichnet worden. Der zweiundsiebzigjährige Staatssekretär des Auswärtigen Amtes der USA, Frank Billings Kellogg, hatte den Mächten des Locarnopaktes einen Plan unterbreitet, der keinerlei Sanktionen gegen Friedensbrecher vorsah und den Krieg als Mittel zur Lösung internationaler Streitfragen ächtete.
Unter den insgesamt 54 Nationen, die bis 1929 den Kellogg-Pakt unterzeichneten, befand sich am 27. August 1928 als Vertreter Deutschlands auch der deutsche Außenminister und Friedensnobelpreisträger des Jahres 1926, Gustav Stresemann.
In Deutschland hatte in den ersten Augustwochen des Jahres 1928 die Zahl der unterstützten Arbeitslosen in der Arbeits-

losenversicherung wieder zugenommen. Sie belief sich auf insgesamt 567 000. Im März 1928 waren es in München 18 693 Unterstützungsempfänger. Eine Zahl, die sich im Lauf eines Jahres, bis April 1929, verdoppelte. Denn ab 1. September 1928 begannen für Deutschland die Reparationsverpflichtungen mit jährlich 2,5 Millionen Reichsmark. Nur vier Monate später, im Januar 1929, hatte sich die Zahl der registrierten Arbeitslosen in Deutschland auf 2,9 Millionen erhöht.

So ist auch Agnes Pollinger »ein Opfer der deutschen Not«[1], seit April 1928 arbeitslos, und Eugen Reithofer seit Juli. Aber »es war ihm [. . .] bekannt, daß er als österreichischer Staatsbürger auf eine reichsdeutsche Arbeitslosenunterstützung keinen rechtlichen Anspruch«[2] hatte.
Sechsunddreißig Stunden aus dem Leben der Agnes Pollinger schildert Horváth in seinem ersten Roman. Sechsunddreißig Stunden von jenem Dienstag, an dem sie Eugen Reithofer kennenlernt, sich mit ihm verabredet, durch den Kastner von nebenan, eine »typische Bohèmenatur«[3] an den Radierer Arthur Maria Lachner von gegenüber, Schellingstraße 104, fünfter Stock, als Modell vermittelt wird und dort Harry Priegler begegnet, der »bereits mit sechzehn Jahren als eine Hoffnung des deutschen Eishockeysports galt«[4]. Während Eugen Reithofer Ecke Schleißheimer-Schellingstraße auf Agnes wartet, fährt sie mit Harry Priegler zuerst nach Feldafing und dann in einen Seitenweg im Forstenriederpark, bemüht, ihre »Naturgeschenke nicht sinnlos zu verschleudern«, sondern die »Sinnlichkeit produktiv zu gestalten«[5]. Sie läßt sich von Harry Priegler »nehmen, ohne sich zu geben und ihre Gefühllosigkeit tat ihr wohl«[6]. Vergeblich wartet Eugen auf Agnes.
Endlich, um sechs Uhr morgens – es ist Donnerstag, der 30. August – trifft er sie in der Schellingstraße wieder. »Doch er

fragte nicht, woher sie komme, was sie getan und warum sie ihr Wort gebrochen und ihn versetzt hätte, sondern er teilte ihr lediglich mit, daß er für sie eine Stelle fand, daß sie schon heute früh zu einem richtigen Kommerzienrat gehen muß, der sie dann noch heute früh nach Ulm an der Donau mitnehmen würde«[7].

Doch nicht nur die Geschichte von Agnes und Eugen erzählt Horváth. Er erzählt auch die Geschichten der Agnes. Wie sie in Regensburg aufwuchs und, 1923, nach dem Tod der Mutter, zu ihrer Tante nach München kam und, zwei Jahre später, auf dem Oktoberfest vor der Bude der Lionella einen Rechtsanwalt kennenlernt, der sie dann in seiner Kanzlei, zwischen den Akten eines Abtreibungsprozesses entjungfert. »Sie spürte aber nicht viel davon, so neugierig war sie und der Rechtsanwalt merkte es gar nicht, daß sie noch Jungfrau war, so besoffen war er[8].«
Horváth erzählt von dem »melancholischen Caféhausmusiker«, in dessen »angenehmes Organ« sich Agnes verliebt, und von ihrer Liebe zu »Brunner Karl, eine richtige Liebe mit fürchterlicher Angst vor einem etwaigen Kinde«. Erzählt von Afra Krumbier, der besten Freundin ihrer Tante, die ihr Leben als Kleinrentnerin fristet, und von Studienrat Niemeyer, der unbedingt ergründen wollte, »wieso wir den Krieg verloren haben, obwohl wir ihn nicht verloren haben«[9].

Da berichtet Horváth von einem Film, den Agnes Anfang August 1928 zusammen mit Kastner gesehen hat. »Madame wünscht keine Kinder.« Es ist der Film von Alexander Korda, der 1926 gedreht wurde, mit Maria Corda und Harry Liedtke in den Hauptrollen und Marlene Dietrich, die, wie ihr Biograph Charles Higham berichtet[10], »in einem Zwei-

Sekunden-Gag sich selbst – ein Black Bottom tanzendes Kind der wilden Zwanziger« spielte.
Da erwähnt Horváth das Schelling-Kino in der Schellingstraße 70, in dem »man keinen Tom Mix« gab, »sondern ein Gesellschaftsdrama, die Tragödie einer jungen schönen Frau. Das war eine Millionärin, die Tochter eines Millionärs und die Gattin eines Millionärs«[11]. Und er meint den Film »Kleine Affären großer Leute« mit May Murray, der in der letzten Augustwoche 1928 tatsächlich in München lief, allerdings nicht im Schelling-Kino, sondern im Ufa-Theater in der Dachauerstraße 16, nur wenige Straßen vom Schauplatz des Romans entfernt. Und in die Inhaltsangabe arbeitet Horváth die Handlung des Films »Die Dame und ihr Chauffeur« mit Jack Trevor, Elisabeth Pinajeff, Siegfried Arno und Fritz Kampers ein, der – ebenfalls zu dieser Zeit – in den »Kammerlichtspielen« in München lief.

Die Prostituierte Margarethe Swoboda, die Eugen Reithofer in einem kleinen Café in der Nähe des Sendlingertorplatzes wiedertrifft, sinniert über ihren Beruf. Sie will nach Köln, »in Köln soll es für mich besser sein. Dort ist doch heuer die Pressa, das ist die große Journalistenausstellung, hier diese Heim- und Technikausstellung war für mich nichts besonderes«[12]. Auch hier hält sich Horváth an die Realität.
Im Oktober 1928 wird die seit Wochen in München laufende Ausstellung »Heim und Technik« ihre Tore schließen.
Margarethe Swoboda berichtet, daß sie in Düsseldorf bei der Gesoleiausstellung irrtümlich »vier Tag lang in der Gesundheitsabteilung [. . .] direkt vor dem Geschlechtskrankheitenpavillon« gestanden hat – und kein Geschäft machte. Eine besondere Pointe, wenn man weiß, daß »Gesolei« die Abkürzung für »Gesundheitspflege, Soziale Fürsorge und Leibesübungen« ist, eine Ausstellung, die 1926 in Düsseldorf 7,5 Millionen Besucher verzeichnete.

Am 15. Januar 1929 schreibt Ödön von Horváth an seine in München lebende Bekannte Lotte Fahr, sein Roman werde »im Propyläen-Verlag erscheinen. Die haben mehr gezahlt als Fischer. Der wollte ihn auch haben. Kapitalist bleibt Kapitalist! Warum soll ich ihnen was schenken«[13].
Horváth hatte, nach der Uraufführung seines Volksstückes »Die Bergbahn« am 4. Januar 1929 an der Berliner Volksbühne am Bülower Platz mit dem Ullstein Verlag einen Vertrag abgeschlossen. Horváth gewann »die erste Premierenschlacht, auf dem fiebrig-faszinierenden Kulturboden des brandenden Berlin«, schrieb Victor Wittner[14] und berichtet weiter: »Nach dieser Talentprobe sicherten wir uns das Talent Horváths, der vom Hausautor Zuckmayer warm empfohlen, ins Ullstein-Haus geladen wurde, um es mit einem Vertrag zu verlassen, der ihm eine monatliche Rente zusicherte: nun konnte er sorgenfrei schaffen, seinen Musen leben.«
Für insgesamt 4000 Mark, die Horváth in zwei Monatsraten zu 500 Mark und zehn Monatsraten zu 300 Mark ausgezahlt wurden, verpflichtete er sich »seine gesamte schriftstellerische Produktion an dramatischen, erzählenden und lyrischen Werken während der Zeit bis 15. Januar 1930 dem Verlag Ullstein zuerst einzureichen. Im Falle der Annahme der Werke durch den Verlag Ullstein steht es diesem frei, die Werke im Ullstein- oder im Propyläen-Verlag, bzw. einem dem Ullstein-Verlage nahestehenden Bühnenverlage herauszubringen bzw. zu verwerten«[15]. Die monatlichen Raten wurden mit den Eingängen verrechnet. Horváth wurden 80% von den Eingängen aus dem Bühnenvertrieb, 12% des Ladenpreises der Buchausgabe und 50% der Übersetzungs- und Filmrechte zugesichert. Der Vertrag zwischen Horváth und Ullstein wurde mehrmals verlängert und am 7. November 1932 »auf Grund gegenseitigen freundschaftlichen Übereinkommens« gelöst.

Die erste Arbeit, die Horváth im Rahmen seines Vertrags dem Ullstein-Verlag übergibt, ist das Manuskript der Geschichten vom Fräulein Pollinger mit dem Titel »Sechsunddreißig Stunden«. Der Verlagsleiter und Vorstandsmitglied der Ullstein A.G., Dr. Emil Herz und sein Prokurist Wilhelm Gronle bestätigen Ödön von Horváth am 26. April 1929 brieflich »die mit Ihnen getroffene Abrede, wonach wir Ihren Roman ›36 Stunden‹ in unsern Verlag nehmen. Wir erwerben also die Verlagsrechte zu den im Vertrag niedergelegten Bedingungen. Der Roman wird im Propyläen-Verlag erscheinen«.

Am 9. September 1929 überweist der Ullstein-Verlag Horváth, der sich zu diesem Zeitpunkt in Murnau aufhält, einen zusätzlichen Vorschuß von 600 Mark.

»Mitte September 1929 verdiente Herr Kobler aus der Schellingstraße sechshundert Reichsmark. Es gibt viele Leute, die sich so viel Geld gar nicht vorstellen können. Auch Herr Kobler hatte noch niemals so viel Geld so ganz auf einmal verdient, aber diesmal war ihm das Glück hold. Es zwinkerte ihm zu, und Herr Kobler hatte plötzlich einen elastischen Gang.«[16]

Mit diesen Sätzen beginnt Horváths Roman »Der ewige Spießer«, in dessen Mittelpunkt die Reise des Alfons Kobler aus der Schellingstraße zur Weltausstellung nach Barcelona steht, »dritter Klasse hin und her nur einhundertsiebenundzwanzig Mark vierundfünfzig Pfennig«[17].

Alfons Kobler »befand sich 1929 erst im siebenundzwanzigsten Lenz«[18], wie sein Autor Ödön von Horváth.

Horváth reist nach Barcelona zur Weltausstellung. Dritter Klasse hin und her nur 127,54 Mark.

Horváths Reiseerlebnisse spiegeln sich wieder in den Erlebnissen Alfons Koblers und eines Journalisten namens Rudolf Schmitz aus Wien, den Kobler im Zug kennenlernt. »Rudolf Schmitz war Redakteur, er vertrat in Wien u. a. ein Abend-

blatt in Prag, ein Morgenblatt in Klausenburg, ein Mittagblatt in Agram, ein Wochenblatt in Lemberg und in Budapest ein Revolverblatt.
Als geborener Österreich-Ungar aus Ujvidék hatte er ein kolossales Sprechtalent und beherrschte infolgedessen alle Sprachen der ehemaligen Doppelmonarchie, aber infolgedessen leider keine ganz perfekt. Trotzdem bildete er es sich in seinen Jünglingsjahren ein, daß er dichterisch was leisten könnte. Damals verfaßte er Gedichte, und zwar einen ganzen Zyklus. ›Ein Vorsommer in der Hölle‹ hieß der Zyklus und war von der westlichen Dekadenz beeinflußt. Aber kein Verleger wollte was von dem Vorsommer wissen. ›Hier habens zwa Gulden, und schleimens Ihnen aus!‹ sagte der eine Verleger. Und Schmitz tat dies, denn er war zu guter Letzt doch nur intelligent und ein gesunder Egoist. Hernach wurde er abgeklärter. ›Auch Rimbaud hat sich ja von der Dichtkunst abgewandt, um ein gedichtetes Leben zu führen‹, stellte er fest und wurde allmählich Korrespondent. Soziologisch betrachtet, stammte er aus k. u. k. Offiziers- und Beamtenfamilien, aber er hatte nie was übrig für das Bürgerliche. Er war der geborene Bohemien. Bereits 1905 ging er ohne Hut. Seine Schwäche war die Metaphysik.«[19]

Horváth nennt seinen Roman, den er nach der Spanienreise schreibt, »Der ewige Spießer«, mit dem Untertitel »Erbaulicher Roman in drei Teilen«. Der erste Teil – »Herr Kobler wird Paneuropäer« – schildert die Spanienreise. In den zweiten und dritten Teil – »Fräulein Pollinger wird praktisch« und »Herr Reithofer wird selbstlos« – wird der schon existierende Roman »Sechsunddreißig Stunden« eingearbeitet.
Der Spießer stellt sich für Horváth als »hypochondrischer Egoist« dar, der danach trachtet, »sich überall feige anzupassen und jede neue Formulierung der Idee zu verfälschen, indem er sie sich aneignet. Wenn ich mich nicht irre, hat es

sich allmählich herumgesprochen, daß wir ausgerechnet zwischen zwei Zeitaltern leben. Auch der alte Typ des Spießers ist nicht mehr wert, lächerlich gemacht zu werden; wer ihn heute noch verhöhnt, ist bestenfalls ein Spießer der Zukunft. Ich sage ›Zukunft‹, denn der neue Typ des Spießers ist erst im Werden, er hat sich noch nicht herauskristallisiert.«[20]

Jenö Krammer, Horváths Schulfreund aus der Preßburger Zeit und sein späterer Biograph, schreibt 1969 über Horváths ersten Roman: »Anekdoten, Dialoge, Blitzlichtaufnahmen wechseln miteinander. Diese leuchten in politische, wirtschaftliche, kulturelle und sittliche Details des damaligen europäischen Lebens hinein und bilden ein reiches Sammelsurium, das aber auch unzählige prächtige Themen zur dramatischen Gestaltung enthält, so daß man den Roman geradezu als eine Themensammlung des Dramatikers Horváth ansehen könnte.«[21]

Am 14. April 1930 bestätigt der Ullstein Verlag Horváth, daß sein Roman »Der ewige Spießer« im Propyläen-Verlag erscheinen wird. Die »Erklärung vom 26. April vor. Js. bezüglich des im vorstehenden Roman mit enthaltenen Schlußteils, für sich seinerzeit mit ›36 Stunden‹ betitelt, wird hiermit gegenstandslos«.[22] Am 11. Juli 1930 geht das Manuskript in Druck.

Horváth hat seinen Roman Ernst Weiß gewidmet. Mit ihm, dem 1884 geborenen Wiener Chirurgen aus Brünn, mit Franz Kafka befreundet, von Thomas Mann gefördert, einer der erfolgreichsten Schriftsteller Berlins, der 1940 vor dem Einmarsch der deutschen Truppen in Paris Selbstmord begeht – ist auch Ödön von Horváth befreundet. Vielleicht sein bester Freund überhaupt, wie Lajos von Horváth meinte. Aber Zeugnisse dieser Freundschaft sind nicht erhalten. Man weiß nur, daß sie eine Zeitlang beide im Haus Luitpoldstraße 24 in Berlin wohnten.

Horváth ist ungeduldig.
Am 4. November wartet er »leider vergeblich auf ein Exemplar« seines Romans, wie er an Julius Bab schreibt. Im Propyläen-Verlag fragt er nach Rezensionen. »Jetzt vor Weihnachten, wo sich die Flut der Neuerscheinungen häuft, dauert es immer etwas länger«, vertröstet ihn am 13. November der Verlag. »Sowie einige Rezensionen vorliegen, werden wir Ihnen diese selbstverständlich zuschicken.«[23]

»Ödön von Horváth, der dieses lustige und sehr freche Buch geschrieben hat, sei bedankt dafür«, heißt es am 21. Dezember 1930 im »Berliner Morgen«. Fritz Walter im »Börsen-Courier« schreibt: »Nach dem ›ewigen Spießer‹ scheint die Begabung Horváths gerade nach der humoristischen Richtung frei geworden und noch sehr entwicklungsfähig« und die »B.Z.« vom 24. Dezember: »Hoffentlich das erste von vielen epischen Werken, die man von diesem originellen Dichter erwarten kann.«
»Höchst ergötzlich«, findet der Rezensent des »Stettiner General-Anzeigers« Horváths Buch. »Humor und Satire sind die Gewürze, und der Verfasser ist nicht sparsam mit ihnen. Er begreift menschliche Dinge menschlich und nennt sie beim richtigen Namen. Diese modernen Spießer werden dem Leser manch lustige Stunde bereiten.«
Die »Münchner Post« schreibt: »Hier spricht einer, der etwas in unserer Zeit sehr Rares besitzt: Humor, und der dabei den Zeitereignissen, den sozialen Fragen, der Politik nicht ausweicht, um nirgends anzustoßen; der im Gegenteil anstoßen will, aber schon deshalb siegt, weil er Humor hat, einen so liebenswürdigen, trocknen Humor, der an den Dichter des ›Schweyk‹ erinnert.«[24]
»Horváth macht sich in seiner gescheiten Vorbemerkung über unsere Zeitkritiker lustig«, schreibt Hermann Kesten in der »Literarischen Welt«[25] über Horváths Roman. »Er

zeichnet die Zustände, die sich geändert haben, um der Menschen willen, die diese Zustände veränderten und von ihnen sich zu neuen Typen umbilden ließen. Horváth weiß, daß die modernen Typen, eben da sie sich bilden, schon das Bestreben haben, konstant und permanent zu werden und also veraltet, hemmend, gefährlich.
Horváth ist ein sehr witziger Erzähler, ein satirischer Beobachter der mittleren Gemeinheiten der mittleren Existenzen unserer mittleren Großstädte. Er erzählt innerhalb ganz einfachen Fabeln eine Fülle reizender, manchmal grotesker, scharf und treffend beobachteter, immer lustiger Anekdoten. Er charakterisiert meistens vermittels der Anekdote. Er lockert die Schriftsprache durch weitgehende Benutzung des Dialekts auf, was ihm manche sprachliche Lässigkeit erlaubt. An einigen Stellen macht Horváth zu weiten Gebrauch von dieser Erlaubnis.
Der erste Teil schildert die Enttäuschungen einer Auslandsreise, der zweite Teil die Liebensenttäuschungen eines herunterkommenden Mädchens, das zuerst 110 Mark monatlich im Kontor einer Kraftwagenvermietung verdient und zuletzt von Fall zu Fall 5 Mark. Der dritte Teil erzählt, wie ein Mensch einem andern Menschen hilft, selbstlos, und nachdem er noch kurz vorher um 2 Mark vom andern geprellt worden ist.
Horváth ist ein heiterer Erzähler, der aber nicht über die Schwächen der Menschen, sondern über ihre Fehler lacht, und nicht um des Witzes, sondern um des Glaubens willen spottet, um des Glaubens oder der Hoffnung willen, von der er sagt: ›Der Verfasser wagt natürlich nicht zu hoffen, daß er durch diese Seiten ein gesetzmäßiges Weltgeschehen beeinflussen könnte, jedoch immerhin!‹«
Hermann Kesten schickt die Rezension am 8. Januar 1931 an Horváth nach Murnau. »Sie können daraus sehen, daß ich Ihr Buch ›unvergleichlich‹ finde. Ich habe bei der Gelegen-

heit wieder in Ihrem Buch gelesen und habe dabei wieder sehr viel Vergnügen gehabt.« Schon zwei Tage davor, am 6. Januar 1931, hatte Kesten spontan an Horváth geschrieben: »Nichts von Thoma – überhaupt keine Vergleiche für Ihr reizendes Buch (nicht einmal mit Aristophanes, Mark Twain, Don Quichote, Voltaire und Swift).«[26]

Anton Kuh, einer der originellsten und witzigsten Wiener Literaten in Berlin, urteilt über Horváths »Spießer«-Darstellung: »– wie Sie den schildern, das ist geschriebener Daumier.« In der Zeitschrift »Der Querschnitt«[27]. »Dieser Ödön Horváth, dessen Name so eigenartig nach Mord-Chronik, Steckbrief, k. u. k. Armee-Überbleibsel klingt, ist ein Ausnahmefall unter den Exzedenten seines Geschlechts. Ein amorphes Stück Natur; vulgär wie ein Noch-nicht Literat, souverän wie ein Nicht-mehr-Literat; aus Elementarem und Dilettantischem gemengt. So könnte die Rohschrift eines großen satirischen Erzählers aussehen; aber auch die Reinschrift eines genialen Abenteurers, der sich für einen Schriftsteller ausgibt.« »Man hat das Gefühl, daß er manche seiner Eigenschaften auf Ödön projiziert hat«, kommentiert, fast fünfzig Jahre später, Gustl Schneider-Emhardt, einst mit Ödön von Horváth eng befreundet und mit seinem Bruder Lajos mehrere Jahre verheiratet, diese Kritik Anton Kuhs und fährt fort: »Jedenfalls habe ich ihn nie als vulgär oder als Abenteurer empfunden.«[28]

Kuhs Kritik im »Querschnitt« schloß mit dem Satz: »Hoffentlich sehe ich sie als Schriftsteller wieder.«

Von vielen vergessen, von ein paar Freunden geschätzt, beginnt des Schriftstellers Horváth posthumer Aufstieg mehr als dreißig Jahre später. Ende der sechziger, Anfang der siebziger Jahre plötzlich wird Horváth »sichtbar als der kritischste deutschsprachige Dramatiker neben Brecht«[29] oder gar »besser als Brecht«[30] ist plötzlich also »auf dem

Weg zum Klassiker«[31] und – 1971 – »aufgewertet in den Rang eines Klassikers«[32].

Nach dieser »Etablierung eines neuen Klassikers der Moderne«[33] nennt Marcel Reich-Ranicki 1972 die »etwa hundert Seiten umfassende Agnes-Geschichte [. . .] eine kleine Sensation« und erklärt diesen Roman Horváths als »seinen dramatischen Meisterwerken fast ebenbürtig«.

Damals wurde die Agnes-Geschichte noch unter dem Titel »Die Geschichte vom Fräulein Pollinger«[34] veröffentlicht, als Vorarbeit zum Roman »Der ewige Spießer«.

Aufgrund neu aufgefundener Briefe und Dokumente konnte festgestellt werden, daß Horváth die Agnes-Geschichte als selbständigen Roman unter dem Titel »Sechsunddreißig Stunden« 1928 konzipierte und schrieb, und erst Ende 1929, gekürzt und leicht verändert, in den Roman »Der ewige Spießer« einarbeitete.

Die Agnes Pollinger wurde zur Anna Pollinger.

Beide, Agnes und Anna, erleiden das gleiche Schicksal: Arbeitslosigkeit.

Beide, Agnes und Anna, verschließen sich den Herren nicht und haben halt so ihre Geschichten. Zuerst aus Neugierde, dann aus Liebe. Und Anna schließlich für Geld.

In der Anna Pollinger vollzieht sich das, dessen Agnes Pollinger nicht fähig war. »Das war auf einer Lichtung, da sie zum ersten Mal Geld dafür nahm. Droben standen die Sterne, und ringsum lag tief und schwarz der Wald. Sie nahm das Geld, als hätte sie nie darüber nachgedacht, daß man das nicht darf. Sie hatte wohl darüber nachgedacht, aber durch das Nachdenken wird die Ungerechtigkeit nicht anders, das Nachdenken tut nur weh. Es war ein Fünfmarkstück, und nun hatte sie keine Gefühle dabei, als wär sie schon tot.«[35]

Traugott Krischke

Anhang

Quellen und Anmerkungen

Sechsunddreißig Stunden

Der Abdruck folgt einem von Seite 1 bis Seite 111 durchpaginierten Typoskript Ödön von Horváths, das die Reinschrift seines Romans »Sechsunddreißig Stunden« darstellt. Die in dieser Reinschrift (R) fehlenden Seiten 8 bis 26, 34 und 35, sowie 41 bis 57 wurden aus anderen Vorlagen Horváths ergänzt, und zwar jeweils nach den der Reinschrift am nächsten gelegenen Vorfassungen.

Seite 9 bis Seite 17 dieser Ausgabe entspricht R 1-7.

Seite 18 bis Seite 40 (12. Zeile von unten) folgt der mit Seite 8 bis 25 durchpaginierten, von Horváth handschriftlich (hs) korrigierten (k) Vorlage (V) für R. Die ursprüngliche maschinenschriftliche Kapitelzählung III bis IX wurde hs geändert in 3 bis 10, wobei das ursprüngliche Kapitel VIII nochmals unterteilt wurde (vgl. Seite 33 dieser Ausgabe).

Seite 40 (11. Zeile v. u.) bis Seite 41 (9. Zeile v. u.) folgt dem mit Seite 32 bezeichneten Typoskript für hsk V.

Seite 41 (8. Zeile v. u.) bis Seite 50 (Kapitelende) entspricht R 27-33.

Seite 50 (15. Kapitel) bis Seite 51 (2. Zeile v. o.) folgt hsk V für R. Die Seite trägt die Bezifferung 40, das ursprüngliche Kapitel XII ist hs geändert in 15.

Seite 51 (3. Zeile v. o.) bis Seite 52 (9. Zeile v. o.) ist mit 35 und 36 paginiert und entspricht der V für R.

Seite 52 (10. Zeile v. o.) bis Seite 57 (7. Zeile v. u.) entspricht R 36-40.

Seite 57 (6. Zeile v. u.) bis Seite 77 (Kapitelende) ist mit 37 bis 53 paginiert und entspricht der V für R. Die Kapitel sind ab Seite 41 der ursprünglichen Paginierung (= Seite 63 dieser Ausgabe) mit XII (= Kapitel 18 dieser Ausgabe), XIII (= Kapitel 19 dieser Ausgabe) und XIV (=

Kapitel 20 dieser Ausgabe). Das Kapitel XIV ist auf Seite 51 der ursprünglichen Paginierung (= Seite 74 dieser Ausgabe) hs mit XV nochmals unterteilt (= Kapitel 21 dieser Ausgabe).

Seite 77 (Kapitel 22) bis Seite 142 (Ende) folgt R 58-111.

Nachwort

1 Zitiert nach Ödön von Horváth, *Gesammelte Werke. werkausgabe der edition suhrkamp*. Frankfurt 1979 (2. verbesserte und erweiterte Ausgabe). Band 5, Seite 240 (= WA 5, 240).
2 Seite 114 dieser Ausgabe.
3 Seite 41 dieser Ausgabe.
4 Seite 79 f. dieser Ausgabe.
5 Seite 46 dieser Ausgabe; im Zweiten Teil des Romans »Der ewige Spießer« heißt es dann: » – aber was ich Ihnen vorwerfe, ist einfach dies: daß Sie sich vergeuden! Heutzutag muß man auch seine Sinnlichkeit produktiv gestalten!« (WA 5, 244). Und später: »Liebes Fräulein Pollinger, es tut mir nämlich tatsächlich weh, daß Sie Ihre Naturgeschenke derart unpraktisch verschleudern.« (WA 5, 246).
6 Seite 106 f. dieser Ausgabe.
7 Seite 141 dieser Ausgabe.
8 Seite 37 dieser Ausgabe.
9 Seite 56 dieser Ausgabe.
10 Charles Higham, *Marlene*. Ein Leben – ein Mythos. Reinbek 1978.
11 Seite 119 f dieser Ausgabe.
12 Seite 133 dieser Ausgabe.
13 Zitiert nach dem *Original* im Besitz der Adressatin.
14 Victor Wittner, *Erinnerungen an Ödön von Horváth*. In: *Wiener Kurier*, 20. Dezember 1948.
15 Dies und das folgende zitiert nach den *Dokumenten* in

der Vertragsabteilung des Verlags Ullstein, Berlin.

16 WA 5, 149.

17 WA 5, 166.

18 WA 5, 172.

19 WA 5, 193.

20 WA 5, 147.

21 Jenö Krammer, *Ödön von Horváth.* Leben und Werk aus ungarischer Sicht. Wien 1969.

22 siehe 15.

23 Zitiert nach Unterlagen des Ödön von Horváth-Archivs.

24 Zitiert nach einem *Prospekt des Propyläen-Verlages,* Berlin 1931. Original in Privatbesitz.

25 *Die Literarische Welt.* 7. Jg. Nr. 26 (26. Juni 1931).

26 Siehe 23.

27 *Der Querschnitt.* X. Jg. Heft 12 (Ende Dezember 1930).

28 Gustl Schneider-Emhardt am 1. 2. 1979 an den Herausgeber.

29 Zitiert nach dem *Klappentext* zu Ödön von Horváth, *Geschichten aus dem Wiener Wald.* Frankfurt 1970.

30 Peter Handke, *Horváth ist besser als Brecht.* In: Henning Rischbieter (Hg.), *Theater im Umbruch.* Eine Dokumentation aus »Theater heute«. München 1970.

31 Friedrich Torberg, *Kasimir und Karoline (1964).* In: F. T., *Der Beifall war endenwollend.* München 1970.

32 Peter Wapnewski, *Nachdenken über Ödön von Horváth.* In: *Publik.* 19. November 1971.

33 Marcel Reich-Ranicki, *Horváth, Gott und die Frauen.* In: *Die Zeit.* 14. April 1972.

34 WA 8, 478 ff.

35 WA 5, 261.

Bibliographische Hinweise

1971 [*Geschichten vom Fräulein Pollinger*]. In: Ödön von Horváth, *Von Spießern, Kleinbürgern und Angestellten.* (Auswahl und Nachwort von Traugott Krischke). Frankfurt 1971 (Bibliothek Suhrkamp 285).

[Die Geschichte vom Fräulein Pollinger]. In: Ödön von Horváth, *Gesammelte Werke.* Band IV. (Hg. von Traugott Krischke und Dieter Hildebrandt). Frankfurt 1971.

1972 *[Die Geschichte vom Fräulein Pollinger].* In: Ödön von Horváth, *Gesammelte Werke. werkausgabe der edition suhrkamp.* Band 8. (Hg. von Traugott Krischke und Dieter Hildebrandt). Frankfurt 1972.

1976 *[Fräulein Pollinger].* In: Ödön von Horváth, *Ein Lesebuch.* (Hg. von Traugott Krischke). Frankfurt 1976.

Zeittafel

1901 Ödön von Horváth wird am 9. Dezember in Susak (Fiume) geboren.

1902 Übersiedlung nach Belgrad und

1908 nach Budapest.

1909 Der Vater Dr. Edmund von Horváth, im diplomatischen Dienst tätig, wird nach München berufen. Ödön bleibt im Erzbischöflichen Internat in Budapest.

1913 folgt Ödön seinen Eltern nach München.

1916 Übersiedlung nach Preßburg und

1918 wiederum nach Budapest.

1919 besucht Ödön in Wien das Realgymnasium. Abitur und Übersiedlung nach München. Studium an der Münchner Universität.

1920 Erste schriftstellerische Arbeiten.

1924 Mehrwöchige Paris-Reise gemeinsam mit seinem Bruder Lajos. Neben Murnau wird Berlin der Wohnsitz Ödön von Horváths.

1926 wird »Das Buch der Tänze« in Osnabrück uraufgeführt.

1927 Uraufführung von »Revolte auf Côte 3018« in Hamburg. Neufassung unter dem Titel:

1929 »Die Bergbahn«. Uraufführung in Berlin. Der Ullstein Verlag bietet ihm einen Vertrag, der ihm freie schriftstellerische Arbeit ermöglicht.
Uraufführung von »Sladek der schwarze Reichswehrmann« in Berlin.

1930 nach einer Spanien-Reise (1929) erscheint Horváths erster Roman »Der ewige Spießer« im Propyläen Verlag, Berlin.

1931 »Italienische Nacht« wird in Berlin uraufgeführt und auch in Wien gespielt.
Horváth wird als Zeuge in Weilheim über eine Saalschlacht vernommen, die von den Nationalsozialisten in Murnau inszeniert worden war. Da er einer der Hauptbelastungszeugen ist, wird er von den Nazis öffentlich heftig angegriffen.
Auf Vorschlag Carl Zuckmayers erhält Horváth, zusammen mit Erik Reger, den Kleist-Preis.
Uraufführung von »Geschichten aus dem Wiener Wald« an Max Reinhardts Deutschem Theater in Berlin.

1932 »Kasimir und Karoline« wird in Leipzig uraufgeführt und anschließend auch in Berlin gespielt.

1933 verläßt Horváth Deutschland und reist über Salzburg und Wien nach Budapest, um die ungarische Staatsbürgerschaft zu behalten.

1934 Rückkehr nach Berlin; Filmarbeit.
Uraufführung von »Hin und her« in Zürich.

1935 Horváth nimmt seinen Wohnsitz in Wien. Die Auftragsarbeit »Mit dem Kopf durch die Wand« wird in Wien uraufgeführt und

1936 »Glaube, Liebe, Hoffnung« unter dem Titel »Liebe, Pflicht und Hoffnung« ebenfalls in Wien.

1937 Uraufführung von »Himmelwärts« in Wien, »Figaro läßt sich scheiden« und »Ein Dorf ohne Männer« in Prag und »Der jüngste Tag« in Märisch-Ostrau.
Der Roman »Jugend ohne Gott« erscheint im Allert de Lange Verlag in Amsterdam und wird in acht Sprachen übersetzt.

1938 Nach dem Einmarsch der Hitler-Truppen in Österreich verläßt Horváth Wien und geht nach Budapest; dann reist er nach Teplitz-Schönau und Prag, von dort aus über Jugoslawien, Triest, Venedig, Mailand, Zürich und Amsterdam nach Paris. Horváths letzter Roman »Ein Kind unserer Zeit« erscheint.
1. Juni: Ödön von Horváth wird nahe den Champs-Élysées durch einen stürzenden Ast getötet.

Bibliothek Suhrkamp

Verzeichnis der letzten Nummern

480 Tania Blixen, Babettes Gastmahl
481 Friedo Lampe, Septembergewitter
482 Heinrich Zimmer, Kunstform und Yoga
483 Hermann Hesse, Musik
486 Marie Luise Kaschnitz, Orte
487 Hans-Georg Gadamer, Vernunft im Zeitalter der Wissenschaft
488 Yukio Mishima, Nach dem Bankett
489 Thomas Bernhard, Amras
490 Robert Walser, Der Gehülfe
491 Patricia Highsmith, Als die Flotte im Hafen lag
492 Julien Green, Der Geisterseher
493 Stefan Zweig, Die Monotonisierung der Welt
494 Samuel Beckett, That Time/Damals
495 Thomas Bernhard, Die Berühmten
496 Günter Eich, Marionettenspiele
497 August Strindberg, Am offenen Meer
498 Joseph Roth, Die Legende vom heiligen Trinker
499 Hermann Lenz, Dame und Scharfrichter
500 Wolfgang Koeppen, Jugend
501 Andrej Belyj, Petersburg
503 Cortázar, Geschichten der Cronopien und Famen
504 Juan Rulfo, Der Llano in Flammen
505 Carlos Fuentes, Zwei Novellen
506 Augusto Roa Bastos, Menschensohn
508 Alejo Carpentier, Barockkonzert
509 Elisabeth Borchers, Gedichte
510 Jurek Becker, Jakob der Lügner
512 James Joyce, Die Toten/The Dead
513 August Strindberg, Fräulein Julie
514 Sigmund Freud, Eine Kindheitserinnerung des Leonardo da Vinci
515 Robert Walser, Jakob von Gunten
517 Luigi Pirandello, Mattia Pascal
519 Rainer Maria Rilke, Gedichte an die Nacht
520 Else Lasker-Schüler, Mein Herz
521 Marcel Schwob, 22 Lebensläufe
522 Mircea Eliade, Die Pelerine
523 Hans Erich Nossack, Der Untergang
524 Jerzy Andrzejewski, Jetzt kommt über dich das Ende
525 Günter Eich, Aus dem Chinesischen
526 Gustaf Gründgens, Wirklichkeit des Theaters
527 Martin Walser, Ehen in Philippsburg
528 René Schickele, Die Flaschenpost
529 Flann O'Brien, Das Barmen
533 Wolfgang Hildesheimer, Biosphärenklänge
534 Ingeborg Bachmann, Malina
535 Ludwig Wittgenstein, Vermischte Bemerkungen
536 Zbigniew Herbert, Ein Barbar in einem Garten

537 Rainer Maria Rilke, Ewald Tragy
538 Robert Walser, Die Rose
539 Malcolm Lowry, Die letzte Adresse
540 Boris Vian, Die Gischt der Tage
541 Hermann Hesse, Josef Knechts Lebensläufe
542 Hermann Hesse, Magie des Buches
543 Hermann Lenz, Spiegelhütte
544 Federico García Lorca, Gedichte
545 Ricarda Huch, Der letzte Sommer
546 Wilhelm Lehmann, Gedichte
547 Walter Benjamin, Deutsche Menschen
548 Bohumil Hrabal, Tanzstunden für Erwachsene und Fortgeschrittene
549 Nelly Sachs, Gedichte
550 Ernst Penzoldt, Kleiner Erdenwurm
551 Octavio Paz, Gedichte
552 Luigi Pirandello, Einer, Keiner, Hunderttausend
553 Strindberg, Traumspiel
554 Carl Seelig, Wanderungen mit Robert Walser
555 Gershom Scholem, Von Berlin nach Jerusalem
556 Thomas Bernhard, Immanuel Kant
557 Ludwig Hohl, Varia
559 Raymond Roussel, Locus Solus
560 Jean Gebser, Rilke und Spanien
561 Stanisław Lem, Die Maske · Herr F.
562 Raymond Chandler, Straßenbekanntschaft Noon Street
563 Konstantin Paustowskij, Erzählungen vom Leben
564 Rudolf Kassner, Zahl und Gesicht
565 Hugo von Hofmannsthal, Das Salzburger große Welttheater
567 Siegfried Kracauer, Georg
568 Valery Larbaud, Glückliche Liebende ...
570 Graciliano Ramos, Angst
571 Karl Kraus, Über die Sprache
572 Rudolf Alexander Schröder, Ausgewählte Gedichte
573 Hans Carossa, Rumänisches Tagebuch
574 Marcel Proust, Combray
575 Theodor W. Adorno, Berg
576 Vladislav Vančura, Der Bäcker Jan Marhoul
577 Mircea Eliade, Die drei Grazien
578 Georg Kaiser, Villa Aurea
579 Gertrude Stein, Zarte Knöpfe
580 Elias Canetti, Aufzeichnungen
581 Max Frisch, Montauk
582 Samuel Beckett, Um abermals zu enden
583 Mao Tse-tung, 39 Gedichte
584 Ernst Kreuder, Die Gesellschaft vom Dachboden
585 Peter Weiss, Der Schatten des Körpers des Kutschers

586 Herman Bang, Das weiße Haus
587 Herman Bang, Das graue Haus
588 Hermann Broch, Menschenrecht und Demokratie
589 D. H. Lawrence, Auferstehungsgeschichte
590 O'Brien, Zwei Vögel beim Schwimmen
591 André Gide, Die Rückkehr des verlorenen Sohnes
592 Jean Gebser, Lorca oder das Reich der Mütter
593 Robert Walser, Der Spaziergang
594 Natalia Ginzburg, Caro Michele
595 Raquel de Queiroz, Das Jahr 15
596 Hans Carossa, Ausgewählte Gedichte
597 Mircea Eliade, Der Hundertjährige
599 Hans Mayer, Doktor Faust und Don Juan
600 Thomas Bernhard, Ja
601 Marcel Proust, Der Gleichgültige
602 Hans Magnus Enzensberger, Mausoleum
603 Stanisław Lem, Golem XIV
604 Max Frisch, Der Traum des Apothekers von Locarno
605 Ludwig Hohl, Vom Arbeiten · Bild
606 Herman Bang, Exzentrische Existenzen
607 Guillaume Apollinaire, Bestiarium
608 Hermann Hesse, Klingsors letzter Sommer
609 René Schickele, Die Witwe Bosca
610 Machado de Assis, Der Irrenarzt
611 Wladimir Trendrjakow, Die Nacht nach der Entlassung
612 Peter Handke, Die Angst des Tormanns beim Elfmeter
613 André Gide, Die Aufzeichnungen und Gedichte des André Walter
614 Bernhard Guttmann, Das alte Ohr
616 Ludwig Wittgenstein, Bemerkungen über die Farben
617 Paul Nizon, Stolz
618 Alexander Lernet-Holenia, Die Auferstehung des Maltravers
619 Jean Tardieu, Mein imaginäres Museum
620 Arno Holz/Johannes Schlaf, Papa Hamlet
621 Hans Erich Nossack, Vier Etüden
622 Reinhold Schneider, Las Casas vor Karl V.
624 Ludwig Hohl, Bergfahrt
627 Vladimir Nabokov, Lushins Verteidigung
628 Donald Barthelme, Komm wieder Dr. Caligari
629 Louis Aragon, Libertinage, die Ausschweifung
630 Ödön von Horváth, Sechsunddreißig Stunden
631 Bernard Shaw, Sozialismus für Millionäre
633 Lloyd deMause, Über die Geschichte der Kindheit
634 Rainer Maria Rilke, Die Sonette an Orpheus
635 Aldous Huxley, Das Lächeln der Gioconda
637 Wolf von Niebelschütz, Über Dichtung
645 Marie Luise Kaschnitz, Beschreibung eines Dorfes
646 Thomas Bernhard, Der Weltverbesserer

Bibliothek Suhrkamp

Alphabetisches Verzeichnis